平凡なる皇帝

ORDINARY EMPEROR

MIKUNITSUKASA
三国司

ILLUSTRATION
やまかわ

{1}

♦ CONTENTS ♦

♦ Ordinary Emperor ♦

第一章
episode.01

♦ Ordinary Emperor ♦

ハルはとても平凡な女の子だった。

自分ではくりっと丸い目が可愛いんじゃないかと思ったりもするけれど、美人というには何かが足りない顔立ちだし、髪の色もありふれた薄茶色だ。

生まれた時から父親がおらず、母親も三年前に亡くなった、という家庭環境ではあったが、世の中を見渡せば親のいない子供もそれほど珍しくはない。

今は地方の一領主の屋敷で下女として働き、地味に暮らしている。

何もかもが普通。

それが自分の特徴であるとハルも分かっていたし、また、その特徴を受け入れていた。

しかしその平凡な人生にも、多少の良い事、悪い事は起こる。

母が亡くなった事はハルの人生において一番の悲しみだった。自分と違って美しく、春の女神のように柔らかで優しかった母。小さい頃はどうして自分は母親に似なかったのかと悲しんだものだ。それならもっと美しい容姿を持って生まれてこれたのに、と。

『あなたは髪の色は私と同じだけど、それ以外はお父さんにそっくりね、ハル』

母にはよくそう言われていた。なので、ハルの中の父親像というのは、自分とそっくりの平凡な男だ。美人の母がどうしてそんな男を選んだのだろうかと、今でも不思議に思ったりする。

「ハル、これ洗濯終わったよ！　持ってってとくれ」

「はーい」

先輩下女に声をかけられ、ハルはパタパタと彼女の元へ駆けつけた。桶に水を張って洗濯をしている彼女から綺麗になった衣類を受け取り、籠に入れて運ぶ。ここから少し離れた、日当りのいい南側の庭に干すのである。

濡れた衣類は結構重い。体力も平凡なハルが息を切らせながら屋敷の外回廊を横切った時、同じくそこを通りかかった二人の人物と出くわした。

領主の息子のアルフォンスと、彼に仕える魔術師のカミラだ。

アルフォンスは少し垂れ目の甘い顔立ちの美青年で、性格も温厚。それ故、この屋敷で働く侍女や下女、それに市井の婦女子からの人気も高い。

一方その隣にいる魔術師のカミラも外見はなかなかに麗しかった。よく手入れされた紫色の長い髪と、魅惑的な赤い唇が印象に残る女性だ。

仲良く談笑しながら歩く二人の間には、単なる『領主の息子とそれに仕える魔術師』以上の空気が流れている。ハルはふと、よく下女の皆がしている噂話の一つを思い出した。

最近入った魔術師のカミラはアルフォンス様のお気に入りらしい、とかなんとか……。

自分には全く関係のない話なのでしっかりとは聞いていなかったのだが、今、目に映る光景を見るに、結構信憑性のある噂だったらしい。

アルフォンスは優しげな笑みを浮かべてカミラを見つめ、彼女もまんざらではない様子でその視線を受け止めている。

美男美女でお似合いの二人だ。と、ハルはそう思いつつも、どこか釈然としない気持ちもあった。

なぜなら今カミラに熱を上げているアルフォンスは、ほんの数年前まで、ハルの母であるフレアに熱烈なアプローチをしていたからだ。

生前、この屋敷で働いてハルを養っていたフレアは、確かに三十代にしては若く美しかった。その時はまだ十九歳だったアルフォンスが年の差を考えずに惚れてしまうのも仕方ないと思えるほど。

しかしハルからすれば、若い男が自分の母親に言い寄っている場面を見るのは、あまり気分のいいものではない。フレアが少し困っている様子だったから尚更。ハルはマザコンなのだ。

その時からアルフォンスの事はあまり好きではなかったのだが、フレアが死んだ後すぐ、彼が他の見目《みめ》の良い侍女と親しくしているのを目撃してから、さらに嫌悪感を抱くようになった。

ハルの中で、『アルフォンスは女好き』は決定事項だ。しかも口説いているのは美人ばかり。

ハルは眉をひそめて、その場から立ち去ろうとしたのだが、

「ハルか?」

ふと、アルフォンスがこちらに気づいて声をかけてきた。ハルは彼が自分の名前を覚えていた事に軽く驚きつつ、見つかってしまったなら無視をする訳にはいかないと、ぺこりと礼を返した。

そして、「それでは……」と何気ない振りをして早々に立ち去ろうとしたのだが、思惑むなしく、アルフォンスはカミラを引き連れてこちらにやって来てしまった。

(何の用だろう)

ハルは少し身構えた。母が死んでからというもの、めっきり声をかけられなくなったのに。

アルフォンスはハルの前まで来ると、自分の髪をかきあげながら、あまり熱のこもっていない声で

問いかけた。

「ハル、君はいくつになった？」

その質問にどんな意味があるのだろうと思いながら答える。

「えっと、十四……です」

「十四か」

アルフォンスは「ふむ」と顎に手を当てながら、少しがっかりした様子で話した。

「君はあの美しいフレアの娘だ。成長するにつれ母親に似てくるのではと思っていたんだが、期待外れだったな」

「えっと……すみません」

それ以外に、ハルには返す言葉がなかった。

（というか私、美人になるかもって期待されてたんだ）

と驚きさえする。そして「それはもう期待に応えられず申し訳ない」と謝るほかない。父親の方の血が頑張ってしまったものだから仕方ないのだ。

「あの……私、仕事に戻ります」

「ああ」

そう言って頷いたアルフォンスの目は、もうハルから興味を失っているようだった。

（きっとそのうち名前も忘れられそうだな。まぁいいけど）

などと思いつつ、ハルが改めて洗濯物を干しに向かおうとした時だ。

アルフォンスの後ろに佇んでいた魔術師のカミラ。彼女の手の指にハルの視線は縫い止められた。大きく目を見開いて叫ぶ。

「そ、それっ……！」

「何よ？　びっくりさせないで」

持っていた洗濯籠を放り出し、血相を変えて右手に飛びついてきたハルにカミラは驚き、後ずさった。

「これ！　なんで……これ、あなたがっ……」

動揺しながらそう言って、カミラの手をぎゅっと握る。彼女の指には、とても美しい指輪がはめられていた。

金の台座に大きな宝石がついたものなのだが、その宝石は珍しい色合いをしていた。一見、エメラルドのような澄んだ緑色をしているが、よく見ると中央の部分が太陽の光を閉じ込めたように金色に輝いているのだ。

「何なの？　触らないでちょうだい」

カミラがハルの手を振りほどくと、ハルは泣きそうな顔をして言った。

「それ、私のです。私が落としたものなんです！」

カミラとアルフォンスが揃って眉をしかめる。言っている意味が分からないというふうに。

ハルは必死で説明した。

「その指輪は私の母の形見なんです。母は父から貰ったらしいんですけど……とにかくとても大事なもので……私、鎖を通してその指輪をいつも首から下げていたんです。だけどいつの間にか鎖が切れていて、指輪も落としてしまっていて」

指輪がないと気づいた時、ハルはショックで凍りついた。高そうな宝石のついた指輪だったからじゃない。母がとても大切にしていた指輪だからだ。

それを自分がなくしてしまっては、天国にいる母に申し訳が立たない。

「なくしたのはつい最近で、ずっと探していたんですが見つからなくて……カミラ様、どうかそれを私に返して下さいませんか？」

ハルがおどおどしながら告げると、カミラはカッと顔を紅潮させて怒った。

「あなたまさか、わたくしが落ちていた指輪を盗ったと言いたい訳⁉」

「いえ、そんな……」

ハルが言いたいのは、実際そんな事ではなかった。盗ったとか盗らないとか今はどうでもいいのだ。返してくれるのかくれないのか、そこが重要であり、落ちていた指輪を拾ってくれた事に関しては、ハルはカミラに感謝すらしている。

だが、一度損ねてしまったカミラの機嫌は戻らない。しかも彼女は、この指輪は落ちていたものを拾ったのではなく、元から自分のものだったと言い張った。

「あなたが落とした指輪を私が盗っただなんて、とんでもない言いがかりだわ。あなたこそ母の形見だなんて嘘を言って、私から指輪を奪おうとしているんじゃないの？」

ハルは目を丸くした。まさか逆に自分が責められる事になるとは。指輪は母のものなのだから、返してくれと言えば簡単に返してもらえるはずだと思っていた。だが自分はだいぶ甘かったらしい。

ハルは改めてカミラのつけている指輪を見た。少し太めの金の台座には細かな模様が彫られており、全く同じものはそうそうないし、緑と金の不思議な色合いの宝石もおそらく珍しいものであるはずだ。少なくともダイヤやルビー、パールやサファイヤといった、よく宝飾品につけられている石ではない。

カミラがつけている指輪は母が遺したもので間違いはない。ハルにはそう言い切れる自信があった。

「どうかお願いです。それを返して下さい」

小さく震える声でハルが懇願する。その指輪には母や父の想いが詰まっているのだ。諦める訳にはいかない。

「まだ言うの!?　とんでもない嘘つきね！」

一方でカミラは少し不自然なくらいに怒っていた。鋭い者なら彼女の目が少し泳いでいる事に気がついたかもしれないが、あいにくアルフォンスはそうではない。

彼は怒るカミラをなだめると、ハルに向かってこう言った。

「ハル、君が嘘を言っているとは思いたくないが、僕もこの指輪が君のものだとは思えない」

カミラの手をそっと取って、指輪についている宝石をハルに見えるように掲げて続ける。

「この宝石は『竜の石』と言って、竜の国――ドラニアスでしか採れない貴重なものだ。僕も生まれて初めて見たし、貴族や王族でも、欲しいからといって簡単に手に入れられる宝石じゃない。入手するためにはドラニアスまで行かなければならないが、なにせそこに住む竜人たちは排他的だ。人間である我々に自分の国で採れる大事な宝石を売ろうとはしないだろうからね」

（竜の石……）

ハルは心の中で呟いた。母の形見の指輪の石が、それほど珍しいものだったとは知らなかった。

母は何故……いや、母に指輪を贈った父は何故、そんな貴重な石を手に入れる事ができたのだろう。

ハルが思いを巡らせている間にも、アルフォンスは話し続けた。

「カミラは貴族だ。竜の石を手に入れられる伝手を持っていてもおかしくはない。しかしハル、正直、君がこの宝石を持っているのはおかしい。不自然だ。客観的に見て、この指輪はカミラのものであると結論づけるのが正しいと思うよ」

「ありがとうございます、アルフォンス様」

アルフォンスが自分の味方であると分かって、カミラは安心したように笑って言った。そして指輪を隠すように胸の前で手を握ると、ハルを睨みつける。

「なんて図々しい下女かしら。信じられないわ。参りましょう、アルフォンス様」

カミラはそう吐き捨てると、アルフォンスの腕をとり、ハルの前から足早に立ち去ってしまった。まるで、これ以上ハルに余計なことを言われては困る、という様子で。

「そ、そんな……！　待って下さい！」

ハルは叫んだが、カミラは母の形見の指輪を持ったまま、屋敷の中へ消えてしまった。

翌日、ハルは仕事の合間を縫って、魔術師のカミラを探し回った。もちろん母の指輪を返してもらうためだ。

カミラは指輪を自分のものだと言い張っているから、簡単には返してもらえないだろうが……。

敷地内をくまなく歩き回っていると、屋敷の裏手にある小さな薔薇園でカミラを見つける事ができた。

そしてその隣には、三人の騎士の姿もある。彼らもまた領主に仕える騎士たちである。

どうやら三人ともカミラに気があるようで、お互いを牽制しながら、どうにかして彼女の気を引こうとしている様子だ。

若く美しいカミラは、領主の息子のアルフォンスだけではなく、騎士たちからも人気のようだ。カミラ自身もその事を分かっていて、この状況を楽しんでいるかのように笑いながら、騎士たちとお喋りを交わしている。

カミラには薔薇がよく似合った。しかし平凡な自分では薔薇の存在感に負けそうだと思いつつ、ハルは園の中を突き進む。とにかく指輪を――母の思い出の結晶を返してもらわなければと。

息を切らせてカミラたちの元まで駆け寄ると、声をかけた。

「カミラ様！」

「……あなた、昨日の」

ハルを目に映した途端、カミラは苦い顔をした。その手には、昨日と同じくあの指輪がはめられている。

「お願いです、指輪を――」

「ちょっとこっちに来て」

ハルの腕をきつく掴んで、カミラは薔薇園の奥へと進んでいく。状況がつかめずポカンとしている騎士たちに、「少しここで待っていてくださいね」と抜け目なくほほ笑みかけてから。

「しつこいわね」

騎士に向けた笑顔はどこへいったのか、辺りに人がいなくなると、カミラは眉間にしわを寄せて吐き捨てた。

その豹変《ひょうへん》ぶりに驚きつつも、ハルは食い下がる。

「お願いです。指輪を返してください」

「これは元々私のものだって言ってるでしょう！」

甲高い声で叫ぶカミラに怯えながらも、ハルは必死で訴えた。

「お、落ち着いて。ちょっと私の目を見てください。私の瞳の色は、その指輪についている石の色と全く同じ色なんです」

そう言われて、カミラは一瞬ハルを見つめ返した。

ハルの瞳は綺麗な緑色なのだが、近くでよく見ると中心近く――瞳孔《どうこう》の周りが金色なのだ。

それは平凡なハルの唯一の特徴と言っていい美しい瞳だった。昔から目の色だけはよく褒められたのだ。

カミラはほんのつかの間ハルの瞳に目を奪われた後、フンと鼻を鳴らして言った。

「だから何なの？　この指輪の宝石とあなたの目の色が一緒だから何？」

「えっと……だから……」

「それが、この指輪があなたのものであるという証拠になるのかしら？」

そう突っ込まれて、ハルは「う……」と口をつぐんだ。確かにこれでは決定的な証拠にならない。しかし他に、指輪がハルの持ち物である事を示す事実もないのだ。「返してください」と、ただ訴える事しかできる事はなかった。

「お願いです。その指輪を返して……」

自分の手にすがりついてくるハルを、カミラは強い力で振り払い、怒鳴った。

「いい加減にして！　ただの下女が立場をわきまえなさい！　母親の形見だかなんだか知らないけど、庶民であるあなたの母親がこんな高価な指輪を持っていたはずないわ」

ハルは振り払われた勢いで後ろに転び、泥だらけになった。昨夜の雨のせいで土がぬかるんでいたのだ。

「……痛っ」

転んだハルを見下ろして、カミラは辛辣《しんらつ》な口調で言う。

「この指輪は私のものよ。この前の誕生日に、私が父から貰ったのよ」

「──嘘だ」

すぐさま返された強い否定の言葉に、一瞬カミラは面食らった。

一応辺りを見回してみるが、ここにはカミラとハルの他には誰もいない。

となるとやはり、発言したのはハルということになる。

しかしその声は今までの弱々しい感じと違って、しっかりと芯のある声だった。

カミラは片眉をつり上げて、泥だらけで地面に座り込んでいるハルを見た。ハルはうつむいていて顔はよく見えない。

「それは嘘です」

もう一度、はっきりとハルが言い放った。

顔を上げ、真っすぐにカミラを見つめながら立ち上がる。

今の状況をふと忘れて、カミラはハルの視線を受け止めながら、本当に不思議な瞳の色だと思った。

ハルは指輪を指さすと、落ち着いた口調で言う。

「その指輪の金でできた部分は、指輪が完成してからの年月を示すように少しくすんでいるし、よく見ないと分からないくらいの傷がいくつかあります。あなたが『この前の誕生日』に貰ったものにしては古すぎる」

冷静に指摘され、カミラは思わず指輪をはめている自分の手を、もう片方の手で握り込んだ。

すでに地面から立ち上がっているハルの身長は、カミラの肩ほどしかなく、小さい。

しかし何故か今は、その華奢な体から静かな威圧感を感じる。

ハルは背筋をぴんと伸ばしてカミラと向き合うと、手のひらを上に向け、片手を差し出した。

全身泥まみれだというのに、その姿に惨めさはない。

「返して。それは私の母のものです」

緑と金の不思議な瞳が、強くカミラを射抜く。

睨まれている訳ではないのに、何故か圧倒されるような視線だった。思わず後ずさってしまうような。

「嘘をついて指輪を奪おうとしているのは、私かあなたか。その答えはあなたが一番よく知っているはず」

ハルの視線を受けて、何なの……、とカミラは怯んだ。

（一体何なのよ）

今、自分の目の前にいる少女は、ただの平凡な下女である。それに優秀な魔術師である自分が気圧されるなんて。

ひ弱なネズミに思わぬ反撃を受けた猫のような気分だ。

さっきまでは、ふにゃふにゃと頼りない感じの少女だったはずなのに。

ハルは真っすぐこちらを見つめたまま、微動だにせず手を差し出し続けている。

カミラは真っ赤な唇をぐっと噛んだ後、くるりときびすを返して駆け出した。悔しいが、もうハルとまともに喧嘩をする気にはなれなかったのだ。

「あ……！　待って」

ハッとして、ハルもカミラを追いかける。

「助けて！」

カミラがそう言って駆け寄ったのは、先ほど別れた三人の騎士たちだった。律儀にも、言われた通りにカミラを待っていたらしい。

「どうしました？」

焦った様子のカミラに騎士の一人が声をかけると、彼女はわざとか細い声を出し、後ろから追ってきたハルを指さして言った。

「あの子が……私の指輪を奪おうとするのよ。それは私のものだと、訳の分からない事を言って……」

「何だって」

騎士は厳しい顔をすると、カミラを守るようにハルの前に立ちはだかった。

そしてカミラに近づこうとするハルを片手で突き飛ばす。

「わっ……！」

鍛えた騎士の力は強い。十四歳にしても小柄なハルは再び地面に転がり、泥にまみれた。

騎士は言う。

「全く、なんといやしい子どもだ。難癖《なんくせ》をつけて人の物を奪おうとするとは。今、ご領主様は王都へ出かけておられるから、この事はアルフォンス様に報告するからな」

騎士たちとカミラが薔薇園から去った後、一人残されたハルは地べたにしゃがみ込み、「あー……」

と唸りながら頭を抱えた。

その姿に先ほどカミラを怯ませた威圧感はない。いつも通り、ふにゃふにゃのハルである。

「どうしよう！　どうしたらカミラ様は指輪を返してくれるのかな……困ったな」

しばらくの間、めそめそと独り言を呟いていた時だ。

ガサッ、とすぐ後ろから突然足音が聞こえ、ハルは驚いて立ち上がった。

「び、びっくりした。……誰？」

ドキドキと肋骨を叩く心臓を押さえながら、目の前に立っている人物を見上げる。

いきなり背後に現れたのは、黒目黒髪の見知らぬ男だった。服も黒尽くめなので怪しいと言えば怪しいが、身なりは清潔できちんとしている。

一番目を引かれたのは男の整った顔立ちで、好みもあるだろうがハルにはアルフォンスよりも美男に思えた。甘い感じのアルフォンスとは違って、寡黙《かもく》で誠実そうな雰囲気。切れ長の黒曜石のような瞳からは涼しげな印象も受けた。

身長は高く、体は鍛えているようで、服の上からでもしなやかな筋肉が見て取れる。

(騎士……かな？　でもこんな黒尽くめの服装の騎士は見た事ない。うちの騎士たちの制服は濃い緑色だし)

ハルはそう考えて首を傾げる。

それにこんなに格好いい騎士がいたなら、とっくに女性たちの噂の的になってハルの耳にも届いているはずだ。

「泥が……」

ハルが相手の正体を考察していると、男は低い声で不機嫌そうに言ってこちらに手を伸ばしてきた。そのままハルの頬を撫でて指で泥を拭き取る。

「な、何ですか……？」

しかしハルは知らない男にいきなり触れられたので、怯えて後退した。美形の変質者だっているかもしれない。人目につかない薔薇園の中で、怪しいこの男と二人でいるのは危険だ。

結局ハルは黒髪の男が誰なのか、何の目的でここにいたのかも分からないまま、その場から逃げたのだった。


その後、ハルは泥だらけの服を着替えてから、使用人たちをまとめる執事に薔薇園で見た男の事を報告し、他の使用人たちと一緒に夕飯を食べた。それから一人でこっそりと屋敷を抜け出す。この地域は今の時期、日没が遅く、空はまだ明るい。

怪しい男に注意しながら昼間も来た小さな薔薇園を抜けてさらに奥へ進むと、そこには領主が管理している森が鬱蒼《うっそう》と広がっていた。

森の中は薄暗く、しんと静まり返っているが、ここに通い慣れているハルは特に恐怖を感じない。

駆け足でしばらく遊歩道を進む。

右側を注意して見ていると、ハルが目印として石で小さく『×』印をつけた木を見つける事ができるので、そこで曲がった。

そして遊歩道から、ほとんど人が入る事のない森の中へと足を進める。

生い茂る草をかき分け、折れて地面に横たわっている大木を乗り越えていくと、やがてぽつんと開けた場所に出た。

ここまで走ってきたハルはそこで一旦息を整えた後、大きな声で〝彼〟の名を呼んだ。

「ラッチー！」

〝彼〟は近くにいたようで、ハルの声が聞こえるとすぐにやって来た。

「ラッチ！」

ハルは笑顔で迎える。

そして近くの木の陰から飛び出してきた〝彼〟もまた、ハルと会えて喜んでいるようだった。太い尾をブンブンと振ってこちらに飛んでくる。

〝彼〟——ラッチは、明るい橙色の鱗を持つ、まだ幼いドラゴンだ。

「うわっ！」

喜びのまま小さくて丸っこいドラゴンに追突されて、ハルはそのまま後ろへ転がった。

ラッチはそんなハルの胸の上に腰を落ち着けて、すりすりと頬を寄せてくる。寂しかったと甘えるように。

ハルがラッチに出会ったのは、今から三ヶ月前の事だった。

屋敷の料理人に頼まれて茸を採りにこの森へ入った時に、子どもと赤ん坊の中間のような幼い子竜を偶然見つけたのだ。

獲物を求めてふらりと訪れる事は稀にあっても、ドラゴンは普通、人間のいる土地には住み着かない。

基本的にドラゴンはドラニアスで生まれて、一生をそこで過ごすものだから。

ドラニアスとは、世界の西の果てにある大きな島国だ。ハルが暮らしているこのジジリア王国の、隣の隣の国。

間に海を挟んでいて人間の住むいくつかの国とは地理的にも完全に遮断されているし、貿易などの交流もほとんどない。ドラニアスに住む竜人と呼ばれる種族——見た目は人間と変わらない——が、あまり人間と関わりたがらないためである。

誇り高く、独特の流儀を持つ彼らの目には、人間は愚かで欲深い生き物に映るのだろう。

ちなみに竜人にとってのドラゴンとは、人間にとっての馬のような存在らしい。つまり、大事なパートナーだ。

竜人はドラゴンを調教し、その背に乗って空を飛び、戦うのだとか。人間の国で平和に生きてきたハルには、頭の中で想像する事しかできない光景だ。

今、ハルの目の前にいるラッチも、きっと竜の国で生まれて竜人と共に生きていくはずだったドラゴンだ。

しかし何らかの理由で、人間の住むこの国までやって来てしまったのである。

そしてその何らかの理由とは、おそらく密猟だろうとハルは思っていた。

金を持て余した人間の中には、ドラニアスにしかいない珍しいドラゴンを手に入れてみたいと思う者も少なくない。

そしてそういった人間に大金を積まれれば、竜の国へ密入国してドラゴンを生け捕りにしてくるという危険な仕事に喜んで行くならず者も出てくる。

ドラゴンには大型で岩のように硬い皮膚を持つ『岩竜』と、小型で俊敏な『飛竜』とがいるのだが、密猟者たちには特に後者の方が人気のようである。

その理由は、子竜を攫《さら》うにしても卵を盗るにしても、単純に飛竜の方が小さくて運びやすいからだ。

ドラゴンに関して一般人と同じくらいの知識しかないハルだったが、ラッチはその体つきや皮膚の硬さなどから、飛竜の方だろうと確信していた。

きっと親が巣を離れた隙に人間によって攫《さら》われて、こんな遠いところまで連れて来られたのだ。

ラッチの首には、今も太い鉄の首輪と鎖がついていた。鎖は途中で千切れていて、ラッチが動くたびに音を鳴らして揺れている。

おそらくラッチは自力で鎖を引き千切り、密猟者の元から逃げ出して来たのだろう。そう思ったハルは、この可哀想な子竜を森で匿《かくま》う事に決めたのだ。

とは言え、それはそんなに大層な事ではない。森でドラゴンを見つけた事を誰にも話さず黙っておくというだけだから。

最初のうちは屋敷で貰える自分の食事を運び、ラッチと名付けた子竜に分け与えていたのだが、ラッチはそれでは足りなかったのか、そのうち自分で狩りをするようになった。

なのでハルはご飯を運ぶ必要もなくなり、今ではラッチの顔を見に来るためだけにここへ通っている。

人間に酷い目に遭わされたはずのラッチも、森で最初に会った時から何故かハルには懐いており、彼女がやって来るのを毎日楽しみにしている様子である。

おそらくまだ孵化《ふか》してから一年も経っておらず、体の大きさはハルが「よいしょ」と両手で抱え上げられるくらい。成長途中なのでもちろんドラゴンにしては小さい方だが、体重は結構ある。持ち上げるとずっしりと重いのだ。

もうしっかり狩りも覚えたようだし、ハルの助けが無くとも生きてはいけるはずだが、やはりまだ幼児なのだろう。ハルの事が恋しいらしく、自分からこの森を出て行こうとはしない。毎日毎日、同じ場所でハルが来るのを待っているのだ。

「ラッチ、重い……」

ハルが自分の上に乗っかっているドラゴンを退けて体を起こすと、彼の首輪から垂れている半端な鎖がじゃらりと鳴った。

これまでこの首輪と鎖をなんとか外せないものかと試行錯誤したのだが、ハルの力ではびくともしなかった。鍵がなければ外せそうにない。

ラッチを町の鍵屋まで連れて行って首輪を見てもらえば、あるいは外せるかもしれない。

しかしそれには様々な危険がつきまとう。自分たちの町にドラゴンがいることに気づいたら、人々はパニックになるだろうから。

ラッチはまだ小さいのでそれほど警戒されないかもしれないが、中には「ドラゴンは危険な生物だから殺した方がいい」と言う人も出てくるだろう。

ドラゴンを密猟して飼い馴らしてみたいと考える貴族や金持ちがいる一方で、ほとんどの人間は野生の熊や狼を恐れる以上に、ドラゴンを恐れているのだ。

それに万が一密猟者に見つかったら、ラッチはまた自由を失い拘束されてしまう。

ラッチを人の多い場所には連れて行けない。ハルはそう思っていた。

しかし同時に、ずっとこの森でひっそりと生活させていくのも可哀想だと思っている。なにせここにはドラゴンの仲間がいないのだから。

さらにラッチが成長して大きくなったら、人目につかないよう今以上にひっそりと、窮屈な生活をしてもらわなければならなくなる。

「これからどうしよう。ラッチはどうしたい？　故郷に帰りたい？」

ハルはラッチの頬を両手で包み、丸く大きな瞳を覗き込んだ。

しかし人間の言葉を詳細に理解している訳ではないラッチは、こてんと首を傾げるのみである。

その可愛らしい仕草にほほ笑みをこぼしつつ、ハルは訊いた。

「お腹は空いてない？　今日は狩りをしたの？」

狩りという単語を聞き取ったラッチは、『そうだった！』というように大きく目を開け、突然ハルの元から飛び立って行った。そしてそのまま背の高い草の茂みに突っ込んだかと思うと、すぐに引き返して来る。

どうやらラッチが食事を始めようと思った時に、ちょうどハルが来てしまったようだ。仕留めたまま放っておいた獲物を口に咥えて、ラッチは戻って来た。

その獲物がウサギではありませんようにと願いながら――可愛いラッチが可愛いウサギを貪《むさぼ》り食《く》う様子を見るのは、なんとなく微妙なのだ――ハルは言った。

「ラッチの今日のご飯は何……」

しかし言葉は途中で途切れる。

ラッチが咥えて持ってきたのは、ウサギどころか動物でもない。

〝魔獣〟だったのだ。

「きゃあー！　ラッチってば、なんてもの食べようとしてるの」

「？」

怖がるハルとは対照的に、これからごはんタイムなラッチは機嫌が良さそうである。素直な尾が嬉しそうに揺れている。

魔獣というのは、簡単に言えば『元動物の化け物』だ。

魔獣がどうやって誕生するのか、はっきりしたことは分かっていないが、『怒りや恐怖、憎しみや嫉妬といった人間の負の感情を吸収してしまった動物が変化するもの』という説が、一般的に信じられている。

魔獣になってしまった動物は皮毛が黒く変色し、瞳の色は血のような赤に変わる。顔つきは凶悪、性格は獰猛《どうもう》になり、元々草食で大人しい動物でも人間を襲うようになる。

さらに、魔獣化すると体は段々と巨大化していき、角が生えたり、目の数が増えたりと、化け物じみた姿に変わっていく。変化してから数年が過ぎれば、もう元の動物が何だったのか分からなくなるのだ。

「それは……鳩、かな？」

ラッチが咥えている魔獣の死骸を、ハルは恐る恐る観察した。

体の大きさは倍で、少々爪が鋭すぎるが、丸い頭やふっくらした胸は鳩のそれに思える。

「魔獣って美味しいの？」

真っ黒い鳩をガツガツと頬張るラッチをまともに見る勇気がなかったので、薄目で観察しながらハルは呟いた。魔獣を補食するなんて、可愛いラッチもやっぱりドラゴンなんだなぁと思いながら。

ドラゴンや竜人は世界で一番強いと言われている種族なのである。

魔獣の羽をむしりながら美味しそうに食事を続けていたラッチだったが、ピクピクと小さな耳を動かすと、突然顔を上げてハルの後方を見た。

視線は暗い森の陰に向けられている。

「どうしたの、ラッチ？」

ハルもつられて後ろを振り返る。

と、少し離れた所から、ガサガサッという足音と共に去っていく人影が見えた。

顔はもちろん、男か女かも分からない。身長から見るに大人のようだが……。

ハルの額に冷や汗が流れた。

「いけない、誰だったんだろう。ラッチの事、見られたよね？」

どうしてここに人がいたのか分からないが、目撃者はラッチの事を誰かに話すだろうか？　危険なドラゴンが森にいると？

「……あの怪しい黒髪の男の人かな？」

目撃者の正体について、ふとその人物が頭に浮かんだ。今日、薔薇園にいた黒尽くめの背の高い男の人。

「ラッチ、しばらくは辺りを警戒して行動するんだよ。人間に見つからないようにね」

ドラゴンだからと一括りにされて、危険性のないラッチが殺されるのは嫌だ。殺されなくとも、密猟者や趣味の悪い貴族に売り渡される可能性も大きい。

しかし、そんなハルの心配が分からないラッチは、またご機嫌で食事を再開させたのだった。

ラッチといるところを人に見られた。

ラッチの存在が自分以外の人間に知られてしまった。

その日、ハルはラッチと別れて森を出た後、目撃者を探して周囲を歩き回った。彼、あるいは彼女は領主の屋敷の方向へ駆けて行ったから、もしかしたら屋敷の人間なのかもしれない。

もしくは、やはりあの怪しい黒尽くめの男か。

彼が一体どうして薔薇園にいたのか、その目的が何なのかは、未だに分かっていない。

（もし彼が密猟者の仲間だったらどうしよう。ラッチを追ってここへ潜入しているのだとしたら？）

焦る気持ちを抑えて周囲を丁寧に探し回ったが、目撃者はとうにどこかへ消えてしまっていた。

「大きな騒ぎにならないといいんだけど。ラッチはちゃんと安全な所に隠れて休んでるかな」

日が落ちて暗くなってきたので、ハルは不安な気持ちのまま、四人で一部屋の使用人部屋へと戻ったのだった。

次の日の朝はいつもより早く起きて、仕事に取りかかる前に森へと向かった。あの黒尽くめの男がラッチを捕まえ、貴族に売るため連れ去ってしまう、という嫌な夢を見たので、ラッチの無事を確認せずにはいられなかったのである。

だが、そんなハルの心配は杞憂《きゆう》だったようだ。

いつもの場所でラッチを呼ぶと、彼は少し寝ぼけた顔をして、それでも嬉しそうにこちらへ飛んできた。『まだ朝なのにハルが来てる！』といった様子である。

「大丈夫？　夜のうちに私以外の人間が来たりしなかったよね？」

一応聞いてみたが、ラッチはハルの胸に抱かれ、グルグルと喉を鳴らすので忙しい。これだけ呑気な様子なら、昨晩は誰も来なかったんだろうとハルは一人頷く。

そうして喉を鳴らし続けるラッチを地面にそっと放すと、

「じゃあ私、仕事だから行くね！　ちゃんと人間に見つからないように隠れてるんだよ」

そう言って手を振りながら、屋敷の方へと走った。

一人残され、甘え足りないラッチが、『あ、そんな！』という表情で哀しげな鳴き声を上げた。

『お前、あの森でドラゴンの子供を匿っているな？』

いつそんなふうに声をかけられ責められるかと一日中ビクビクしていたハルだったが、その日は結局何もなく、平和に終わりそうだった。ラッチの事が屋敷内の人間に広まっている様子もない。

少し、色々心配し過ぎだっただろうか。

（森の中は薄暗いし、目撃者ははっきりラッチが見えなかったのかも。犬と見間違えたとか……）

ハルはそんな事を思いながら仕事を終え、夕飯を食べた後で、ラッチの様子を見にいつものように森へ向かった。

そしてラッチもいつものように、ハルの姿を見つけると喜んでその胸に飛び込んでくる。

幼いとはいえドラゴンだ。毎度毎度、飛び込まれるたびにその衝撃で後ろへ転がっているハルは、ドラゴンにも『待て』を教える事はできるだろうか、などと考えていた。そのうち肋骨が折れそうである。

しかしラッチがここまで自分に懐いてくるのは、他に甘えたり遊んだりできる仲間がいないからだろうと、ハルはそう思っていた。

ハル以外に心を許せる者がいないのだ。

「ねぇ、ラッチ」

ハルは囁くように言った。

「故郷に帰りたい？」

ラッチは喉を鳴らしてハルに頬をすり寄せるだけで、その質問には答えない。というか聞いていない。

だが、ここまで必死に自分に甘えてくるラッチを見て、ハルは心を決めた。

(ラッチを故郷に帰そう)

ラッチを一人で帰すのは心配だし、そもそもハルから離れるのを嫌がるから、ハルは自分もドラニアスまでついていく覚悟だった。半分子どもの女と子竜一匹という旅の危険性も考えた上での覚悟だ。

実はラッチを見つけた直後から彼を故郷に帰す事は考えていて、コツコツと旅の資金も貯めていたのだが、観光に行くのとは訳が違うので、なかなか決意を固める事ができなかった。

もちろん、可愛いラッチと離れがたかったという理由もある。

しかし今回、他の人間にラッチの事を見られたかもしれないという可能性が出てきて、もうこれは腹を決めなければと思ったのだ。

人間の国にいてもラッチには良い事がひとつもない。ここには仲間がいないし、常に人間から隠れて生きなければならない。しかも万が一人間に見つかった場合は、自由を、あるいは命を奪われる可能性も出てくる。

ラッチの成長を考えても、今が限界に思えた。

森に隠れていようと、成長して大きくなればなるだけ人目につきやすくなる。

それに今の大きさならまだ、ハルはラッチを持ち上げる事ができる。竜の国までの行程で人の多い町などを通過する時、ラッチをリュックに入れて隠したまま運ぶ事も可能なのだ。

行くなら今しかない。

ハルの代わりができる人間など他にいくらでもいるのだから、下女の仕事はどうにでもなる。今すぐ仕事を辞めたいと言っても、簡単に了承してもらえるだろう。

「よし！　そうと決まればなるべく早く出発しよう！　……と思ったけど」

上半身を起こしてラッチを膝に乗せながらハルは呟いた。

「カミラ様に指輪を返してもらってからでないとだめだ」

しかし彼女の態度を見る限り、それは簡単な事ではないように思えた。

(母さまの大事な指輪……)

ハルはしゅんと肩を落として、膝の上のラッチを撫でた。そうして気を取り直すように話題を変える。

「ラッチ、今日はもうごはん食べたの？　また魔獣じゃないよね？」

が、ちょうどその時、茶色い野うさぎが前を横切り、ハルは話題を変えた事を後悔した。

悲しい事にウサギは今日のラッチのごはんになった。しかも狩りたての獲物は、ラッチに咥えられてはいるもののまだ元気に生きている。

一瞬ウサギを逃がしてやりたい衝動に駆られたが、ハルはぐっと堪えた。自分だってウサギの肉は食べるのに、実際目の前で息絶えてしまうのを見るのは嫌なんて、とんでもなく自己中心的ではないか。

（ごめんね、ウサギさん。ラッチの血となり肉となってください）

ハルがウサギの冥福を祈り、これから始まる血みどろのお食事場面から目を背けようとした時である。

ラッチが昨日のようにピクピクと耳を動かし、ハルの背後へ視線を向けた。そちらに気を取られた事で拘束が緩んだのか、ラッチの口元からウサギがこぼれ落ち、目にも留まらぬ速さで逃げ出した。

「何……？」

ハルもラッチにつられて後ろを確認する。

（昨日の目撃者がやってきたの？　あの黒尽くめの男が？）

警戒しながら振り向くと、生い茂る木々を縫うようにして、見慣れた人物が一人、二人……と現れた。

全部で七人いる。一番先頭にいるのは魔術師のカミラだ。

その後ろには領主の息子アルフォンスと、彼に仕える騎士が五人。しかもそのうちの三人は、昨日薔薇園でカミラを巡って静かなる攻防を繰り広げていた騎士たちである。

「ほら！　わたくしの言った通りだったでしょう、アルフォンス様！　まだ幼いようですが、あれは間違いなくドラゴンです！」

カミラが勝利を確信したような声で言う。

昨日の目撃者はカミラ様だったのかと、ハルは唇を噛んだ。一番面倒くさそうな人に見つかってしまった。

カミラに指をさされたラッチが、ウウ……と低い唸り声をあげる。

「ラッチ、だめだよ」

ハルはとっさにラッチをなだめた。間違っても、カミラやアルフォンスに襲いかからないように。そんな事をすれば一巻の終わりだ。ラッチを殺すための口実を相手に与えるようなもの。

「そんなふうに相手を睨まないで、いつも私に見せてくれるような可愛い顔して」

と、ハルは小声でラッチに忠告する。

ラッチのことがバレてしまっては仕方がない。こうなったら彼の可愛さをアピールして、ドラゴンが危険な生物でない事を示すのだ。名付けてラッチメロメロ大作戦。

ハルがそんな馬鹿な作戦を考えている間に、カミラはもっと狡猾《こうかつ》な作戦を実行に移した。

見事な演技で恐怖に震える声を出し、叫ぶ。

「あの娘は、あのドラゴンを使ってわたくしたちを襲うつもりなのです！　この指輪を……売れば一生遊んで暮らせる金額になる、この高価な指輪をわたくしから奪うために！」

「……え？」

全く予想していなかった嫌疑《けんぎ》をかけられて、ハルは目をまん丸にした。ラッチの心配ばかりしていたので、自分が責められる事をあまり考えていなかったのだ。

アルフォンスや騎士たちは皆、険しい顔をしてこちらを見ている。完全にハルの事を『指輪を盗るために殺人を企てる強欲な人間』と思っている目だ。

彼らにとっては、カミラから発せられた言葉は全て、疑う余地もない真実なのである。美しいカミラが嘘を言うはずがないとでも思っているのだろうか。

カミラは魔術を使うための杖を掲げて続けた。

「アルフォンス様、どうか許可をくださいませ。このままではわたくしたち皆、あのドラゴンにやられてしまいます。どうか、あのドラゴンと娘を始末する許可を！」

「え、ええー!?」

あまりの展開に、ハルはもう、ただあわあわと意味のない動きをする事しかできなかった。ラッチだけでなく自分も殺されようとしているなんて。

だいたい、ドラゴンとはいえまだ赤ちゃんのようなラッチに、魔術師のカミラと五人の騎士を倒せるはずがない。ラッチの体の大きさを見て分からないのだろうか。

それとも必要以上にドラゴンを警戒して恐れているだけ？

（とにかく誤解を解かなくちゃ）

カミラはハルとラッチが森でこそこそと会っている場面を見て、『自分を襲おうとしているのでは？』と、ただ誤解しているだけだと思ったのだ。

しかし――

「許可を出す。どこでドラゴンを手に入れてきたのか知らないが、そこまでして指輪を自分のものにしたいとは……」

アルフォンスが呆れたように首を振った瞬間、堪えきれなかったようにして唇の端を持ち上げたカミラを見て、ハルはやっと気がついた。

（違う。カミラ様は誤解しているんじゃない）

意図して、ハルを陥れようとしている。

でも、何故？

そんなの決まってる。

指輪を……『売れば一生遊んで暮らせる金額になる』あの『高価な指輪』を、自分のものにするためだ。

——その日カミラが屋敷の窓からハルの姿を見つけたのは、単なる偶然だった。

ごく普通の下女の、冴えない少女。しかしカミラが拾った指輪の本当の持ち主で、その指輪を自分のものにしたいカミラにとっては、最高に邪魔な存在である少女だ。

さっさと売ってしまおうと思いながら、その宝石の奇妙な美しさに心を奪われ、自分の指にはめてしまったのが悪かった。

もしハルが『指輪は自分のものである』という証拠を出してくれれば、ここでの自分の立場も危うくなる。領主の息子に気に入られ、騎士たちからはチヤホヤと持てはやされ、とても満足していることこでの立場が。

夕暮れ時。もう下女の一日の仕事は終わったはずだ。

しかしハルは急いでいる様子で薔薇園へと駆けていく。その時、辺りを伺うようにちらりと周囲に視線を走らせた彼女を見て、カミラは直感した。

（あの子、何か隠してる）

カミラが森に消えたハルを追ったのはただの好奇心ではなく、あわよくば少女の弱みを握れるのではという計算からだった。

そうして目に映った光景に、カミラは驚きと失望を覚えた。

驚きは、初めて間近でドラゴンを目にしたため。そして失望は、ハルが何も悪い事を考えていなさそうだったからだ。

小さなドラゴンと戯れる少女の表情には何の下心もない。ドラゴンを強く成長させて自分の思い通りに従わせようだとか、そんな事は何も。

つけられている首輪からして、恐らくどこかの人間の元から逃げて来たドラゴンなのだろう。そしてそれをたまたまハルが見つけ、ここで匿っている。カミラは簡単にそう予想をつける事ができた。

だが、これは使える。

ハルが森でこっそりとドラゴンを匿っているのは事実なのだ。それを利用しない手はない。

ハルがいなくなれば、指輪は確実に自分のものになる。

緑と金の色を持つ不思議な魅力の宝石は、調べると、カミラが予想していたよりずっと希少で高価なものだという事が分かった。

カミラの家は貴族だったが、いつ何があって落ちぶれるか分からない。金はあればあるだけいいのだ。

と、身じろぎしたカミラの気配を、鋭いドラゴンに気づかれてしまった。ハルがこちらを振り返るより早く、カミラはそこから走り去った。


そうして今、カミラの狙い通りに、アルフォンスから少女を始末するための許可が出た。

まったく簡単過ぎて笑えてくる。アルフォンスも騎士たちも、魔力のない者は馬鹿が多い。

知らず笑ってしまっていた顔をハルに見られたが、もうどうでもいい。彼女はもうすぐ死ぬのだから。


カミラは呆然としているハルに杖を向けた。

「さぁ、覚悟なさい」

その声によって我に返ったハルが、焦ったように喋り出した。

「ま、待って下さい。私はラッチを……ドラゴンを使って指輪を取り戻そうとなんてしていません」

「言い訳は見苦しいぞ。お前は母親と違って、心までも汚れてしまったのか？」

厳しい声で言ってアルフォンスが剣を抜く。周りの騎士たちもそれにならった。

小さなドラゴンは警戒の吠え声を上げ、その横でハルは顔を真っ青にしている。

少し可哀想だが仕方がない。カミラはそう思った。悪いのはあの少女だ。彼女はその価値を知らなかったようだが、この指輪はただの下女が持っていていいようなものではない。分不相応すぎる。

（それなのにしつこく返せと食い下がるから……さっさと諦めていれば、わたくしだってここまでし

なかったのに）

「お願いです、待って下さい」

ドラゴンを自分の背後に庇いながらも、ハルは複数の剣が自分に向けられている事に怯えきっている様子で弱々しい声を出した。

まぁ無理もない、とカミラは他人事のように考える。彼女は戦闘経験のない、ただの平凡な下女なのだからと。

だからと言って、もちろん助けるつもりもないが。

杖を突きつけて一歩足を踏み出したカミラに、ハルが必死に懇願する。

「待って！　待って下さい！　助けてっ……！」

「お黙りなさい！」

カミラがぴしゃりと言い放つ。

「そのドラゴンを使ってわたくしを殺そうとしていたくせに、今さら命乞いなんて！　なんという恥知らずなの」

カミラは杖に魔力を集めた。あとは短い呪文を唱えれば、魔力という名のエネルギーの固まりが杖の先から飛び出していくはずだった。

しかしその時、

「あ……!?　う、うううし、うし……」

突然ハルが大きく目を見開き、カミラたちの後方を指差しながら、意味の分からない言葉を発した。

「牛？」

カミラが眉間に皺を寄せ、片眉を上げる。

「ううう後ろッ！」

恐怖に引きつった声でハルが叫ぶ。

彼女が言いたかった事をやっと理解したカミラは、大きな危機感を持って後ろを振り返った。ハルの様子は尋常ではない。一体何が自分の後ろに迫っているのかと冷や汗が吹き出る。

「なッ……」

そして振り向いて、カミラは言葉を失った。

彼女の隣にいたアルフォンスも、騎士たちも同様に。

「ま、魔獣!?」

背後にいたのは、真っ黒な毛皮を持つ魔獣であった。

だが、魔獣など別に珍しいものでもない。特に魔術師であるカミラや騎士たちは、時折街に迷い込んでくる魔獣たちを何度となく退治してきたのだから。

しかし今、自分たちの目の前に迫る魔獣は、今まで葬り去ってきた魔獣たちより圧倒的に大きかったのだ。

いったい魔獣に変化してから何年経っているのだろう。四本の足に三角の耳を持つその生物は、もしかしたら元は猫だったのかもしれない。

けれども可愛らしい猫の面影など、今は微塵《みじん》も感じられなかった。

大きく裂けた口からは鋭い牙がのぞき、額には角が生え、長いしっぽの先にはサソリのような針がついている。体は大の大人が見上げるほど大きく、圧倒的だ。

カミラは震え上がった。こんな大きな魔獣を相手にした事なんてない。

思わず自分を守ってくれそうなアルフォンスや騎士たちを見るが、彼らの膝もまた、自分と同じように震えている。

魔獣はこちらを警戒しているのか、それとも獲物を見つけて嬉しいのか、感情の読めない不気味な唸り声を発しながら、ゆっくりと頭を低くした。

そして――

「危ないっ！」

背後からハルの叫ぶ声が聞こえたが、その時にはもうすでに、魔獣は地面を蹴っていた。太く尖った爪が土をえぐると、魔獣の巨体はカミラに向かって一気に跳んできたのだ。

魔術を使うどころか悲鳴を上げる暇さえなく、カミラは魔獣に仰向けに押し倒された。

「う……」

魔獣の太く重たい前足の下で、カミラは呻く。自分の手から杖が離れている事に気がついて絶望した。杖がなければ魔術を使えない。

カミラの首筋に、ねばついた液体が触れた。真上にある魔獣の口から垂れてきた唾液だ。

「い、や……放しなさい！　この汚らわしい化け物！」

暴れるカミラの抵抗は、魔獣にはちっとも堪えていない。魔獣が彼女を踏みつけている前足の力を強めると、カミラは苦しんで息を詰める。

「ッ助けて……！　助けて下さいませッ、アルフォンス様！」

自力で抜け出す事を諦めて、カミラはアルフォンスに助けを求めた。

しかし彼は剣を握ったまま、引きつった表情で固まるのみである。

（この役立たずっ！）

軟弱な彼では駄目だ。そう思ったカミラは、今度は騎士たちに視線を向ける。

「早く助けて……何をしているのよ、早く……ッ」

このままでは魔獣に踏み潰されてしまう。いや、頭を食い千切られるのが先かもしれない。

カミラは今まで体験した事のない恐怖を感じながら、なかなか自分を助けにこない騎士たちに苛立っていた。

（さっさと助けてよ！）

五人もいれば、一人か二人死んだって誰かの剣が魔獣に届くはず。

「早く……っ！」

だが、騎士たちは一向に動く気配を見せない。それどころか巨大で俊敏な魔獣に恐れをなして、じりじりと後退していっているではないか。

その様子を見たカミラは思わず目を見開いて叫んだ。

「何をしてるの！　さっさと戦って！　あなたたちは騎士でしょうっ!?」

頭上で魔獣が喉を震わせた。カミラを前足で押さえつけながら、もっと多くの獲物が欲しいとばかりに、血走った視線を騎士たちに向ける。

それを見た騎士たちは剣を握り直し、さらに後退した。カミラよりも、今は自分の命が惜しいのだ。

「だ、駄目だ……」

アルフォンスが情けない声でそう言ったかと思うと、カミラに向かって叫んだ。

「カミラ！　僕たちは屋敷へ戻って応援を呼んでくる！　必ず助けるから待っていてくれ！」

カミラは自分の耳を疑った。

この男はとんでもない馬鹿だ。そう思った。

今から屋敷へ戻って応援を連れて来るまでに、一体どれほどの時間がかかると思っているのか。少なくとも、魔獣がカミラを殺すだけの時間は十分ある。

「大丈夫だ、すぐ戻ってくる！」

しかし言いながら忙しなく泳いでいるアルフォンスの目を見て、カミラは悟った。

自分は見捨てられようとしている。

アルフォンスは馬鹿だが、時間の計算くらいはできるはず。彼はカミラを囮に逃げようとしているのだ。

全速力で逃げるつもりなのだろう、あろうことか剣を鞘に仕舞ったアルフォンスと騎士たちを見て、カミラはたまらず絶叫した。

「そんな！　お願いよ、見捨てないでっ！　助けて……ッ！」

アルフォンスたちの表情には、カミラを見殺しにする後ろめたさと罪悪感が見て取れた。

しかしやはり、自分たちの命には代えられないのだろう。一歩、また一歩と、魔獣を刺激しないよう、静かに後ろへ下がっていく。

「やめて！　置いていかないでっ！」

カミラは必死に叫んだ。自分の人生がこんなところで終わるのは嫌だ。自分はこんなところで死ぬはずの人間じゃない。

恐怖と絶望で、瞳から勝手に涙が溢れ出してきた。

と、その時ふとハルの姿が目に映った。

アルフォンスたちがじりじりと後退していっているせいで、今、魔獣とカミラから一番近い位置にいるのはハルだった。ハルは小さなドラゴンを守るかのように立ち上がっており、息を詰めて魔獣を見つめている。極度の緊張で、瞬きを忘れているようだ。

「助けて！」

カミラは、今度はハルに向かって叫んだ。自分を助けてくれるのなら、この際誰でもいい。藁をも掴む気持ちだった。

カミラが自分に助けを求めている事に気づき、ハルは驚いたように後ずさる。

「駄目よ、下がらないで！　行かないでっ！　私を助けて！」

カミラは必死だった。涙をこぼして、自分の右手を差し出す。

「この指輪！　ちゃんと返すわッ！　盗った事も謝るし、さっき嘘を言って、あなたを殺そうとした事も謝るからっ！」

カミラの言葉に、アルフォンスや騎士たちは瞠目《どうもく》した。

彼らは、彼女が嘘をついているなんて考えていなかったから。

指輪を奪おうとしていたのも、相手を殺してしまおうと画策していたのも、カミラではなくハルの方だと信じ切っていた。

「な、なんという女だ」

騎士の一人が呟いた。アルフォンスたちもそれに頷く。そんなに酷い女なら、自分たちが見捨てるのも仕方がないと言うように。

彼らは逃げる自分たちの罪を軽くしたかった。

「お願い、見捨てないで！」

カミラが声を上げる。その視線は真っすぐハルに向いていた。

さっき、助けを求めるハルに自分が言った言葉を思い出す。

『わたくしを殺そうとしていたくせに、今更命乞いなんて！　なんという恥知らずなの』

今、その恥知らずは自分だ。

今になってやっと、カミラは自分の愚かさに気づいた。何もかもを後悔している。

図々しいのは分かっている。一体どの面下げてハルに助けを請うのかと。

しかしもう、カミラにはハルに縋る事しかできなかった。

死にたくない！

「指輪は返すわ！　約束するッ！　だから助けて！　お願い、お願いよ！」

「――黙って」

緊張で震えた、しかしはっきりとした声がカミラに届いた。

言ったのはハルだ。こちらを睨むように険しい顔をしている。

カミラはさらに涙をこぼし、必死に訴える。

「そんなっ！　お願いよ、助けて！　私を見捨てないでっ！」

「いいから黙って！」

びっくりするほど強い口調でハルが怒鳴った。

もう駄目だとカミラは思った。

ハルはやはり自分を許してはくれないらしい。誰も自分を助けてはくれない。もう終わりだと。

だがハルはカミラを許すとか許さないとか、そんな事を考えていたのではないらしい。

ハルの澄んだ瞳には、緊張と恐怖と、そして強い決意が表れていた。

平凡な下女が静かに言う。

「お願いだからちょっと黙ってて。あなたの叫び声で魔獣が興奮してる。きっと助けるから、もうちょっと頑張って」

魔獣を睨みつけているハルを見て、カミラは困惑した。涙がピタリと止まる。

(助けてを求めておいてなんだけど、まさかこの子、魔獣と戦うつもりでいるの？)

「きっと助けるから」なんて言ったものの、実際どうすればいいのかハルにはさっぱり分からなかった。

魔獣からの威圧感に体はすっかり固まってしまっているし、足だってガチガチに硬直している。ここから逃げる事さえ難しいのに。

本当は悲鳴を上げて誰かの後ろに隠れたい。

魔獣は大きく凶暴で、とても自分が勝てるとは――カミラを助け出せるとは思えない。

しかしこのままカミラを置いていくという選択肢は、はなからハルの中には無かった。

それは崇高な自己犠牲の精神などではなく、単にカミラを見殺しにするのが恐いだけなのかもしれない。人ひとりを見捨てるという間接的な殺人から自分を守りたいだけかも。

背後から、心配するラッチの視線を感じる。『二人で早く逃げよう』と言っているみたい。

だけど逃げられない。

ハルは平凡な自分が好きだった。

のんびりやで大雑把なのに、変に真面目な部分もあって要領が悪いものだから、たまに貧乏くじを引いてしまう自分が。

きっと面倒な事になると分かっているのに、困っている人を見るとつい首を突っ込んでしまう自分が好きだった。

けれど今カミラを見捨てたら、きっとハルはもう自分を嫌いになってしまう。

それはすごく悲しい。

逃げようとする自分の足をなんとかその場に留め、根性で魔獣と向き合う。

森は静かで、張りつめた空気の中に魔獣の荒い息づかいだけが響いている。その足下にいるカミラも、後方にいるアルフォンスたちも、信じられないものを見る目つきでハルを見つめていた。

きっと彼女の事を無謀な馬鹿だと思っているに違いない。

ハルはゆっくりとかがんで、足下に転がっていた石ころを拾った。

唾液を飲み込み、緊張でカラカラになった喉を湿らせる。

石を握って立ち上がると、魔獣が何の危機感も抱いていない表情でこちらを観察していた。

そしてカミラの目はこぼれ落ちんばかりに見開かれている。あなた本気なの？　その石を魔獣にぶつけただけで、まさか倒せると思っているの？　とでも言いたげである。

(分かってるったら！)

ハルは思った。無謀な事は自分が一番よく分かっている。けれど他にどうしようもない。

ハルの貧弱なパンチが魔獣に届くとは思えないし、剣も魔術も使えないのだから。

ハルは強く奥歯を噛んだ。

こんなことなら、少しでもいいから魔術を習っておくんだった。

実は小さい頃、領主に仕える魔術師に——今は引退してしまったが、白髪の長いあごひげが特徴の気のいいお爺さんだった——「君には魔力があるようだが、魔術師にはならないのかい？」と誘われた事があったのだ。

自分に魔力があった事をハルは喜んだが、魔術師になればお金はそこそこ稼げるものの、仕事には命の危険がつきまとう場合が多い。もし戦争が起これば、国のために女でも戦いに参加させられる事になるだろう。

それをハルの母は嫌がった。平和主義でちょっぴりドジな娘のことを心配したのだ。

母が反対した上、老いた魔術師が言うには、ハルの魔力は多くも少なくもなくごく平均的な量であり、将来もごく平凡な魔術師になるだろうという事だった。

なのでハルは、それならもし危ない場面に遭遇した時、無事に生き残るのは難しそうだと思い、魔術師になるのをあっさり諦めたのだ。

母親より早く死ぬという親不孝は絶対にしたくなかったから。

だが今、あの頃少しでも魔術をかじっておかなかった事をハルはかなり後悔している。

武器は石ころひとつ。

手の中のそれを強く握りしめ、考える。この石を上手く魔獣の目に当てられたら、少しは相手を怯ませられるだろうか。

ふと耳に届いた激しい呼吸音が、緊張のあまり過呼吸気味になっている自分のものだと気づく。

額には冷や汗が流れ、体の芯は熱いのに全身に鳥肌が立っていた。

(こわい。でも、やらなきゃ。やるんだ)

ハルは自分の視界が狭くなったような感覚を覚えた。敵である魔獣に照準が絞られたのかもしれない。

石を握っている方の拳を上げ、構える。

ハルはかつてないほど緊張していた。

自分の行動にカミラの命がかかっている。しくじれば自分も死ぬ。

だけどこのまま何もしなくても誰かが、あるいは全員が魔獣に襲われるのだ。

(大丈夫、やれる。コントロールはいい方だ。目を狙え、ハル。大丈夫、やれる)

自分で自分を励まし、最大級の勇気を持って、手の中の石ころを力一杯投げようとした――その時だった。

「魔獣相手に、そんな小石でどうなさるおつもりですか」

諭すような低い声と共に、振り上げていたハルの拳を後ろから大きな手が掴んだ。骨張った硬い感触が皮膚に伝わる。

「……っ!」

集中していた時に不意をつかれてハルは飛び上がった。自分を捕まえていた相手の手を振りほどき、慌てて振り返る。

そこにいたのは、アルフォンスや騎士たちではなかった。

漆黒の髪に、黒曜石の瞳。完璧に整った誠実そうな顔立ち。

「薔薇園の……」

息をのんで男を見つめ、ハルが呟く。

そうだ、この男は昨日薔薇園にいた不審な男。どうしてここに……。

背の高い男は、冷静な瞳でハルを見下ろしている。

「あの……あの……」

ハルは男に何か言おうとしたが、「あの」から先の言葉が出てこなかった。

あなたは誰で、何者？　どうしてここにいるの？　私に何か用？　疑問はたくさんあったが、何から聞いていいのか。

というか、そんなことより今は――

「魔獣が……」

ハルがもう一度振り返ると、魔獣は相変わらずカミラを踏みつけたままそこにいる。

しかしさっきとは少し様子が違った。

余裕だった表情が消え、黒髪の男の事をきつく睨みつけているのだ。まるで、目を離した隙に男に襲われる事を心配しているかのように。

カミラやアルフォンス、騎士たちも、突然この場に現れた男に目を奪われていて、ラッチは何故か男の匂いをフンフンと嗅いでいる。

「優しいというか、無謀というか……」

けれど男はそんな周りの状況をちっとも気にしていない素振りで、ハルだけを見つめてため息をついた。

呆れてというより、ほんのちょっと口の端を上げて嬉しそうに。

そして続けた。

「しかし、そういうところも陛下によく似ておられます」

「陛下……？」

思わず聞き返した瞬間、魔獣の吠え声がハルの耳をつんざいた。

魔獣は鋭い牙を剥き出しにして低く唸ると、こちらに向かって突進してきたのだ。

強く踏みつけられたカミラの呻き声が聞こえたが、今は彼女の心配をしていられない。

アルフォンスたちが悲鳴を上げ、散り散りに逃げ出す。

一方、ハルは動けなかった。

(逃げなきゃ)

そう思うのに、足が地面に縫い付けられたように動かないのだ。

握った小石を投げる間もなく、魔獣の巨体はハルの眼前に迫り――

そして倒れた。

「……え?」

魔獣の首は見事に真っ二つに別れ、頭と胴体が別々に転がっている。

一体何が起きたのかハルにはすぐに分からなかったが、いつの間にか魔獣の死骸の隣に立っていた男を見て、彼が斬ったのだと理解した。

理解はしたが、にわかには信じがたい。こちらに向かっていた魔獣のその恐ろしく太い首を、目にも留まらぬ速さで一刀両断したなんて。

だが、男が手にしている細身の長剣には、確かに大量の魔獣の血がついている。それが証拠だ。

男は剣を振り、血を払うと、腰のベルトにつけている鞘に収めた。

ハルが唖然《あぜん》としてそれを眺めているうちに、カミラが胸を押さえつつ苦しげに立ち上がり、逃げて

いたアルフォンスたちも戻ってきた。

「な、何者だ？」

恐る恐るアルフォンスが言う。彼と騎士たちの表情には、驚きと戸惑いの色がうかがえた。

カミラは苦しそうに咳をした後で、瞳をきらめかせてよろよろと男に近寄っていった。肋骨くらい折れていそうだが、命に別状はないらしい。

「助けて下さってありがとうございます」

カミラは分かりやすく男に心奪われていた。恐ろしい魔獣を倒してくれたのだから当たり前にも思えるが、男の容姿が醜ければ彼女の心はまた違っていたかもしれない。

「礼を言うなら……」

男が静かに言いながら、ハルの方へ視線を向けた。

カミラは何やら複雑な表情をした後で、ハルに向かって申し訳なさそうな声を出した。

「ありがとう、本当に」

それだけの言葉だったが、どうやら一応、真面目に感謝しているらしい。

そうして自分の指につけていた指輪を外すと、ひっそりとハルに差し出した。

「これ……ごめんなさい」

一言謝られただけですぐに許せるほどの器の大きさはハルには無かったが、母の大事な指輪が返ってきた事には心からホッとしたし、素直に嬉しかった。

「うん……！」

だからハルは、安心したような、ふにゃりとした平和な笑顔で指輪を受け取った。

一瞬、そこにいる全員がハルの笑顔に目を奪われたが、ハルが改めて黒髪の男に向き直ると、カミラたちもそちらへ視線を向けた。

「助けてくれてありがとうございます」

ハルが言う。

「だけど、あなたは誰ですか？」

首を傾げて相手を見上げると、男は優雅な笑みを浮かべた後でスッと膝を折った。

地面に片膝をつき、頭を下げると、拳をつくった右手を心臓に当てる。

ハルは、身分の高そうな大人の男性が平凡な小娘である自分に跪いた事に驚いていた。

（なんだろう、この状況は）

居心地が悪いったらない。男は頭を下げたままで名を告げた。

「ご挨拶が遅れました事、どうかお許しください。帝国竜騎士軍、近衛隊所属のクロナギ・ロードと申します。ドラニアス帝国から、貴方様をお迎えに上がりました」

「……言ってる意味が、あの、ちょっと分からないんですが」

ハルは指輪を両手でぎゅっと握りしめた。聞き慣れない単語がたくさん出てきた。

（竜騎士軍とか近衛隊とか何の事？　この人、本当に私に言ってるのかな？　アルフォンス様とかじゃなく？　いや、もしかしてラッチに言ってる？）

しかし顔を上げたクロナギの視線は、残念な事に一直線にハルに向いていた。

そして彼は、大真面目に信じられない事をのたまったのだ。

「混乱されるのも無理はありません。しかし貴方はこの世で唯一、ドラニアス帝国皇帝位の継承権を持つお方なのです」

「う、うん。……うん?」

状況がのみ込めないハルよりも大きな反応を見せたのはアルフォンスだった。

「ドラニアス帝国の帝位継承者!? ハルが!? 何を馬鹿げた事を……この娘はうちで働くただの下女だぞ!」

「黙れ」

そう言ったクロナギの声は静かで落ち着いていたが、同時に突き放すような冷淡さを持っていた。ハルに話しかけていた声とは全く違う。

クロナギは立ち上がると、氷のような冷ややかな瞳でアルフォンスを見下ろした。アルフォンスも負けじと睨み返しているが、内心怯んでいるのは明らかだ。

「帝国から来たと言ったな。……ということはお前、竜人か?」

ハルは「あ……」と声を漏らした。クロナギが竜人ならば、魔獣をあっという間に倒してしまった事にも納得がいくと思ったのだ。

本などで得た竜人の知識を頭の中で掘り返す。

竜人の一番の特徴と言えば、『戦闘種族』とまで評される高い戦闘能力だ。

運動神経に反射神経、筋力、視覚聴覚嗅覚と、戦う事に必要なありとあらゆる能力が人間よりもずっと高いのである。しかもそれを毎日の厳しい鍛錬でさらに鍛えているとか。

人間よりも圧倒的に数の少ない種族だが、個々の力は強く、軽く訓練を積んだ竜人の子どもなら、人間の熟練兵士も倒してしまうという。

外見的には人間とほとんど変わらないが、平均身長も竜人の方が高い。また、彼らは生まれつき筋肉がつきやすく脂肪のつきにくい体質だという。

ハルはクロナギをもう一度見た。

背が高く、細身だが鍛え上げられた肉体を持つ彼は、確かに竜人なのだろう。それは簡単に信じられる。

（だけど私は……私が帝位継承権を持っているっていうのは……）

周りの景色がぐるぐると回っている気がする。今日は色々な事があり過ぎた。

脳が「今日はもう休む！」と勝手に思考を停止させる。

ラッチが心配そうな目でこっちを見て――

ハルの意識はそこで途切れた。


夢を見た。

これは夢の中だと分かる夢。

何故なら、死んだはずの母が目の前にいるからだ。

ハルの母フレアは呼吸器系の持病の悪化により体調を崩し、亡くなる前はベッドの上で毎日苦しそうに咳き込んでいた。

しかし夢の中での母は生前の元気な時と変わらぬ様子だったので、ハルは安心した。

お花畑の中にいる母は、周りの花たちに負けないくらい可憐で美しい。フレアのように性格も良くて外見も綺麗な人間など他にはいない、とマザコンのハルは思っている。

世界一優しくて、世界一美しい自慢の母なのだ。

ふわりとほほ笑んでこちらを見つめている母に、ハルは言った。

「今日、クロナギっていう竜人の人に会ったよ。私に帝位継承権があるってよく分からない事を言ってたけど……母さまって竜人だったの？」

娘の質問に、フレアはほほ笑んだままで首を振った。違うらしい。

ハルは頷く。

「だよね。母さまには竜人の特徴が当てはまらないもん。体は弱いし」

穏やかで、か弱い母が、戦闘種族なはずない。

「じゃあ父さまだ。父さまが竜人だったんだね。しかも私に帝位継承権があるなら、かなり位の高い人だったんだ……つまり皇帝とか」

フレアが、美の女神も嫉妬するような表情で笑った。

ハルの予想は当たったらしい。

「そうなんだ……。でもまぁ納得できるよ。母さまくらいの魅力があれば、竜人の皇帝を落とすのもわけないもん」

ハルはいたずらっぽく笑った。

母は貴族ではない庶民だし普通の人間だが、身分や種族の差を気にせず母に目を留めるとは、ドラニアスの皇帝――つまりハルの父らしいが――もなかなか見る目があるな、と。

でも、とハルは考える。

自分が生まれた時には母は独り身だった。大人の事情は分からないが、一緒に暮らしてはいけない理由が何かあったのかもしれない。もしかしたら、種族の壁が二人の愛を引き裂いてしまったのだろうか。

しかし離れていても、母は父をずっと想い続けていたはずである。

母から父の悪口は聞いた事がないし、父から貰ったというあの指輪を見る時の母の切ない表情ときたら……ハルの胸の方が引き千切れそうだった。

「でも待てよ。ということは、私って半分竜人なんだ」

それにしては身長も低いし、運動神経も特別良い訳ではないけど。

一体どうしてだろうとハルが考えているうちに、周りの景色が歪み始めた。

「あ、待って、母さま！」

笑顔で佇む母親を夢の中に残し、ハルは現実の世界へと引きずり戻された。

目を覚ますと、不思議と頭はすっきりしていた。なんだか気持ちが落ち着いている。

今は夜中なのだろうか。暗くてよく見えないが、ハルは自分がいる場所がいつもの使用人部屋でない事に気づいた。

寝ているベッドは大きくてふかふか過ぎるし、部屋は広過ぎる。隣で寝ているはずの、同期の下女のマリの寝息が聞こえてこないし……。

「ひゃあぁぁ！」

ふと目をやった先――自分が寝ているベッドのすぐ隣に黒い人影を見つけ、ハルは悲鳴と共に飛び起きた。

しかし目を凝らしてよく見ると、

「な、なんだ……お化けかと思った」

バクバクと脈打つ胸を押さえながら言う。人影はクロナギだったのだ。

彼はベッドの隣で番犬のようにじっと立っていたのだが、ハルが目を覚ました事に気がつくとその場で膝をつき、視線の高さを低くした。

「驚かせてしまって申し訳ございません。朝までまだ時間があります。精神的にお疲れのようですから、もう少しお休みください」

「あなたは寝ないの？　えっと……クロナギさん？」

ハルが尋ねると、クロナギは緩く首を振った。

「『さん』はいりません。どうぞクロナギとお呼びください」

ハルは頷いて、戸惑いながらも再度名を呼んだ。

「クロナギ」

クロナギも満足したように頷く。

（なんかあれだ。竜人にこんな事思うの失礼だけど、この人ちょっと犬みたい）

ハルは、領主が昔飼っていた黒い大きな猟犬のことを思い出した。彼は自分の主人である領主に忠実で、彼以外の命令は絶対に聞かなかった。犬のくせに寡黙《かもく》で真面目な感じだったのだが、主人の姿を見つけると、堪えきれずにちょっとだけ尻尾を振ってしまうような可愛いところもある忠犬だった。

その場面を思い出して口元を緩めつつ、ハルはもう一度聞いた。

「クロナギは寝ないの？」

「私はもう十分休んだので大丈夫です。竜人は人間ほど多くの睡眠を必要としませんから」

「そっか、そうなんだ」

言いながら、ハルは毛布を退けてベッドから降りると、窓の方へと向かった。

クロナギが少し慌てて後をついてくる。

「どうぞ、まだお休みに」

「大丈夫だよ。なんだか目が覚めちゃって」

ハルは彼を安心させるように言った。

そっと窓から外を覗く。ここは二階のようで、眼下によく見慣れた薔薇園が見えた。

ということは、ここは領主の屋敷の客室のようだ。部屋の広さや調度品もそれらしい。しかし何故、下女の自分がこんないい部屋に？

「アルフォンス様やカミラ様は？　それにこの部屋……」

ハルが問うと、クロナギは眉をしかめた。

「彼らに敬称をつける必要はありません。この部屋は私から領主の息子に話をつけ、使わせてもらっています。狭い使用人部屋では、ハル様にゆっくり休んでいただけませんから」

無駄に広いこちらの部屋の方が落ち着かなくて休めないんだけどと思いつつ、そこは気弱なハルなので、「そっか、ありがとう」と礼を言っておいた。彼の行動は善意からのものだし。

「そういえばラッチは？　森にいるの？」

「彼ならそこに」

クロナギの視線の先へ顔を向けると、ラッチはさっきまでハルが寝ていたベッドの端で体を丸め、すやすやと眠っていた。暗くて全然気づかなかった。

「あ、首輪が取れてる」

ラッチの首にあったはずのそれが無くなっている事に気づき、ハルは弾んだ声を上げた。

首輪を取ったのはクロナギらしい。

「ええ、邪魔そうだったので外してやりました」

「外したってどうやって？　あれは鍵が無いと……」

「鍵が無くとも、力尽くで」

「……そう」

金属の首輪を力尽くで壊す竜人の強さに、ハルは感心すればいいのか呆れればいいのか分からなかった。

本当に自分にも竜人の血が流れているのだろうか。

ハルはクロナギを見上げた。

「ねぇ、私の血の半分は竜人なんだよね？　私の父が竜人なんでしょ？」

「そうです。ハル様のお父上は竜人で、ドラニアス帝国の先代皇帝エドモンド・リシュドラゴ様です」

「やっぱりそうなんだ」

自分の父が竜人で皇帝だったという事実を聞かされれば驚くのも無理はないはずなのに、あっさりとそれを受け入れたハルを見て、クロナギは不思議に思ったらしい。

「随分落ち着いていらっしゃいますね。意識を失われる前は混乱しておられましたし、信じてもらえるまでにもっと時間がかかると思っていましたが」

「うん、自分でも不思議」

きっと、さっき見た夢のせいだ。

それに美しい母が竜人の皇帝に愛されるというのは、やっぱり、十分あり得る話だと思うから。

「でも先代って事は、今は父は皇帝じゃないんだ？　父は元気で……」

そこまで言って、口をつぐむ。

（待てよ。最近何か……竜の国とその皇帝にまつわる話を、何か聞いたような……）

しかしハルが思い出さないうちに、クロナギが感情を押し殺したような低い声で言った。

「先代は……エドモンド様はもう亡くなっておいでです。一年前の、ドラニアスとラマーンの一件はご存知ですか？」

「聞いた事ある。でも詳しくは知らない」

そうか、思い出した。父も、もう死んでいたのだ。

ハルは眉を垂れ、悲しげに首を振った。

「他人事だと思ってたから……」

ドラニアス帝国の隣には、海を挟んでラマーン王国という国がある。ちなみに今ハルたちがいるジジリア王国にとっても、ラマーンは隣国だ。

今から一年ほど前の事。ラマーンの王がドラニアスの皇帝を殺したらしいという噂は、ただの下女であるハルの耳にも届いていた。

一国の王が他の国の皇帝を殺すという大事件であるから、ハルも下女たちと「なんでそんな事になったんだろうね？」などと話題にしたものだ。

その時もうすでに母は亡くなっていたし、まさか殺された皇帝が自分の父だとは知らないから、自分とは全く無関係の出来事だと思っていた。

ハルはやりきれない気持ちになりつつ、力のない声でクロナギに訊いた。

「父はどうして殺されたの？」

その質問に、クロナギはどこか沈んだ声で答えた。

ドラニアス帝国は元々人間の国とはほとんど交流を持っていなかったという事。竜人たちは自分たちの種族に誇りを持っているが故に、弱い人間たちを見下していた事。そして自分たちだけで固まって、人間の存在などほとんど無視していたという事を。

しかしハルの父エドモンドが皇帝になってからは、『人間の中にも尊敬に値する者はいる』『人間から見習うべき点はたくさんある』と、積極的に人間の国と交流を図ろうとしていたらしい。良い部分を学んで、ドラニアスをさらに発展させるために。

ドラニアスの国民たちもエドモンドの主張を理解し、支持した。排他的だったドラニアスの気風が変わろうとしていたのである。

「人間の音楽団や大道芸人などをドラニアスに招き、何年かかけて小さな交流を図った後、我々はまず隣国であるラマーン王国と繋がりを持つ事にしました」

クロナギが瞳を伏せて語る。

「しかしラマーンの国王は欲深く、浅はかで……。彼はエドモンド様に魔術をかけて、自分の意のままに操ろうという計画を立てていたのです。そうすれば強力な戦士である我々竜騎士やドラゴン、そしてドラニアスでしか採れない宝石といったものも、全て自分のものになると考えたのでしょう」

エドモンドたちが初めてラマーンの国王から晩餐会に招待された時の事。

国王は食後、エドモンドに「二人きりで、私的な会談の場をもうけたい」と持ちかけたらしい。

「今思えば、それはエドモンド様を我々護衛から引き離すための策でした。『二人きり』という事に我々は油断していたのです。相手も兵はつけていないと。しかしまさか彼が直接エドモンド様に手を出してくるとは……」

ハルには、クロナギたちが油断したのも仕方ないように思えた。

普通の感覚で考えれば、戦争中でもなく、ましてこれから仲良くやっていこうとしている国の皇帝に手を出すなんて信じられない事だから。しかも王自らが攻撃を仕掛けるなんて。ラマーン国王の思惑に気づける者がいたとしたら、それは彼と同じ思考回路を持つ愚か者だけなんじゃないだろうか。

別室で二人きりになると、国王は杖を取り出し、魔術を繰り出したらしい。

が、彼は王様。もともと真剣に魔術を学んでいたわけではない。『相手を意のままに操る』という高度な術を習得しきれていなかったらしく、術が暴走し、意図せずエドモンドを殺してしまったのだ。

「隣室からの物音に気づいた我々は、すぐにエドモンド様とラマーン国王のいる部屋に突入しました。しかし時すでに遅く、青い顔をしているラマーンの国王の前で、エドモンド様は床に倒れておられたのです」

そう語ったクロナギの目に、ハルは確かな怒りの炎を見つけた。冷静に抑えつけられているが、内に秘められているその感情はとても激しいもののように感じた。

眉根を寄せて宙を睨みつけているクロナギの手は、きつく握られたままかすかに震えている。

「ラマーンの国王が許せないの？」

ハルの言葉にクロナギは「ええ、もちろん」と頷いたが、続けられた言葉には目を見開いて動揺した。

「でも、皇帝を守れなかった自分の事はもっと許せないんだ？　自分自身に一番怒ってるんだね」

上手く隠していたはずの自分の気持ちをさらりと言い当てられる感覚に、クロナギは既視感を覚えた。

先代の皇帝と同じだ。

自分の事でいっぱいいっぱいのように見えて、実は結構周りの人間を見ている。彼らが代々受け継ぐ緑金の瞳はいつも真っすぐで、余計なものには捕われずに核心を突く。

「そんなに自分を責めちゃだめだよ」

柔らかなハルの声は、静かに夜の闇の中へと溶けていった。

クロナギはおそらく一生自分の事を許さないだろう。

しかし今、ほんの少しだけ心の重石が軽くなった。

クロナギはハルの前で跪くと、指輪のついた彼女の手を取り、誓う。

「私はエドモンド様を守れなかった。しかしもう二度と同じ過ちは繰り返さない。ハル様の御身は、私のこの命をかけて守り抜くと誓います」

強い瞳、真剣な低い声音に、ハルはそわそわと腰の浮くような感覚を覚えた。

この人いい声してるんだよねなどと呑気に考え、普通のお姫様なら顔を赤らめる場面であえて空気を読まずに発言する。

「私、そこまで危険な人生を歩むつもりはないからね」

というか皇帝になるつもりもないからね、と。

普通に考えて無理だと思う。いくら父親が前皇帝とはいえ、自分はずっと人間として生きてきた訳で。帝国のことは全然知らないし、半分人間の血が流れてるし、ただの下女だし、人の上に立つ器じゃないし、クロナギみたく強くないし、ただの下女だし。

「だいたい私が唯一の帝位継承者ってどういう事？　父には……あるいは父の兄弟とかには、他に子どもがいないの？」

ハルはベッドに座って、端っこで寝ているラッチを撫でながら尋ねた。

クロナギが答える。

「エドモンド様にもハル様にもご兄弟はおられません。無駄な相続争いを生まないために、皇帝は子どもを一人しか持たない事になっていますので」

「ほんとに？　でも、それってすごく危ういね。そのたった一人の子どもが死んじゃったら、血統は途絶えちゃうんでしょ」

「そうですね。しかし竜人の子は、人間の子ほど簡単に死んだりはしないのです」

クロナギがほほ笑む。彼の笑い方はかなり控えめだ。歯を見せて大笑いした事なんてなさそうである。

「怪我をしてもすぐに治りますし、病気にかかって死ぬ事もまずありません。外敵からは、竜騎士や戦闘訓練を積んだ侍女がお守りいたしますし」

『戦闘訓練を積んだ侍女』って何？　と、ハルは心の中でつっこんだ。

（私の知ってる侍女と違う……）

なんにせよ、ドラニアスの帝位継承権を持つのは自分一人で間違いないという事だ。非常に残念である。

「私は父の跡を継がないからね」

ハルは念を押すように言うが、クロナギも引かない。

「皇帝不在の今のドラニアスには、どうしてもハル様が必要です」

「そこまで血筋にこだわる必要ないじゃん。私なんかより、誰か優秀な人格者を皇帝に据えれば……」

「ハル様、ドラニアスの皇帝は人間の国王とは違うのです。国民の思い入れが違う」

窘《たしな》めるようにクロナギが言う。

「我々竜人は、皇帝一族を心から敬愛しています。我々の存在意義は彼らを守る事であると言ってもいい。ドラニアスには、人間たちが信仰しているような宗教はありません。神より、皇帝陛下の方が大事だからです」

彼の声には熱がこもっていた。まるで『どれだけ自分たちが皇帝一族を愛しているか分かってほしい』と言われているようで、ハルはちょっと面映《おもはゆ》くなる。

クロナギは説明を続けた。

「皇帝という存在は国民の心のよりどころ。しかし一年前にエドモンド様が亡くなられた時から、我々は母を失った子のごとく、深い悲しみから抜け出せずにいます。皇帝という支柱を失い、国民の心はバラバラになりつつある。元々協調性のある国民性ではありませんから」

ハルは自分の身を守るようにして、のほほんと寝ているラッチを胸に抱きしめた。

困ったように首を振る。

「無理だよ。ドラニアスの国民にとって皇帝がそれほど大事な存在なら、なおさら私には無理。ほんと、そんな器じゃないんだって。だいたいこんな平凡な皇帝がいると思う？　私って竜人の血を引いてるくせに強くないし、ちびだし、容姿だって地味だし……」

ぐちぐちと呟くと、クロナギはくっと口の端を持ち上げた。

ハルは唇をつんと尖らせて睨む。

「あ、今笑ったでしょ！　やっぱりクロナギもそう思ってるんだ」

「違いますよ。ただ、エドモンド様と同じような事をおっしゃっているのでおかしかっただけです」

「同じような事？」

「ええ、そうです。我々はエドモンド様を平凡だと思った事はありませんが、ご本人は時おり自虐的におっしゃっていましたよ。『俺はお前たちと違って地味だから』とか、『ちびで弱いから』とか」

「そうなんだ」

というかやっぱり、私は父似だったのか。

自分と同じように平凡な男が、最強な竜人たちに囲まれて皇帝をやっている姿を想像し、ハルは少し笑ってしまった。胸に抱かれていたラッチがぱちぱちと目を覚ます。

クロナギは言った。

「しかし一般的な竜人に比べて身長や戦闘能力が低い事は、皇帝一族ならば当たり前の事なのです。戦うのは我々の仕事で、ハル様たちは守られる立場ですから。運動能力などは人間並みで十分ですし、大きな体も鎧のような筋肉も必要ないのです」

「ふぅん」

なんとなく意外だった。竜の国の皇帝といえば、竜人の中でも一番強い、戦闘神みたいな筋肉男を想像していたから。

けれど現実では、皇帝は竜の国一弱い人物らしい。

「でもそれで納得した。私って半分竜人の血が入ってるにしては普通だなぁと思ってたから」

ハルは顔を舐めようとしてくるラッチの長い舌を避けながら言った。唾液でベタベタになるのは嫌だ。

つまり自分には、飛び抜けた戦闘能力も運動神経も腕力も無いらしい。それはちょっと残念だった。魔獣を一発で倒せたり、風のように速く走れたりしたらかっこいいのに。

竜人の血を引いているという事実に思い当たる節があるとすれば、風邪を含め、今まで一度も病気をした経験がないという事と、人よりちょっとだけ視力がいいかもという事くらい。

怪我の治りも早いような気がするけど、ただの気のせいのような気もする。他人の怪我の治り具合を観察して自分と比べた事なんてないから、正直よく分からない。

どうしても顔を舐めようとしてくるラッチとの攻防を繰り広げながら、ハルは訊いた。

「クロナギは私に皇帝になってほしいの？」

「もちろんです。ハル様にしかその資格はないですから」

「なら、他の人は？　クロナギ以外の他の竜人たちは、私の事をどう思って……ぐむっ」

ラッチにべろりと口元を舐められて、ハルの言葉は中途半端に途切れた。

けれどしっかり質問の内容を理解したクロナギは、ハルからラッチを引きはがしつつ答える。

「他の者はまだハル様の存在を知りません。皆、エドモンド様に子どもはいないと思っておりますので」

翼を掴まれ、ハルから離されたラッチは、クロナギに向かってぎゃあぎゃあと抗議の声を上げた。

クロナギは知らんぷりで話を続ける。

「『お迎えに上がりました』と申し上げたものの、実は私もハル様の存在を分かった上でここに来た訳ではないのです。本当はハル様の母上であるフレア様を探して、彼女の出身国であるこの国にやって来たのです」

抗議が聞き入れられないと分かると、ラッチは今度はハルに向かってきゅんきゅんと悲しげに鳴いた。

思わず手を差し出したハルだが、クロナギが「甘やかしてはいけません」というように手で制する。

「フレア様の消息を辿ってこの領主の屋敷までやって来ましたが、彼女はすでにこの世にはいませんでした。しかし代わりに貴方の存在を知った。その緑金の瞳を確認せずとも、一目見てハル様がエドモンド様の御子であることは分かりました」

「母さまにも言われてたけど、そんなに似てるんだ」

「ええ、そっくりです。もちろん女性であるハル様の方が愛らしいですが」

さらりとつけ加えられた言葉にハルは少し照れた。ただの社交辞令だと自分に言い聞かせる。ラッチはまだ鳴いていた。

「でもじゃあ、私の存在を知ったドラニアスの竜人たちがどういう反応をするかは、まだ分からないんだね」

「皆、喜ぶと思いますよ。途絶えたと思っていた皇帝の血が繋がっていたのですから」

「でも、私の半分は人間だよ」

暗い部屋の中で、ハルの瞳の金色が凛と光った。

ラッチは鳴くのをやめ、彼女のその瞳に目を奪われている。

一瞬、クロナギにはハルがとても大人びて見えた。

「そこにひっかかる竜人は多いはず。先代皇帝は人間に殺されてるんだから、人間を憎んでいる竜人も多いよね。そんな彼らが、人間として育った混血の私を皇帝として認めるとは思えない。クロナギが私を推しても、反対する人はいっぱいいそうだけど」

その推察にクロナギは沈黙する事しかできなかった。確かに今、帝国内には人間に対する敵意が溢れている。ハルが皇帝になる事について反対する者など誰もいないとは、彼は言えなかった。

ハルの言う通り、反対する者も多いだろう。しかし――

「確かにハル様のおっしゃる通りです。混血の皇帝に、最初は反発する者もいるかもしれません。しかしハル様の事をよく知れば、皆貴方を認めずにはいられないはずです。貴方の中には確かに皇帝の血が流れている。私はそれを強く感じていますし、帝国にいる竜人たちも必ず気づく」

そう言ったクロナギの声には、はっきりとした自信が滲んでいた。

クロナギは思う。ハルは自分の事を平凡だと言うが、とんでもない。彼女はただの少女ではない。

ハルはため息をつくと、ベッドに腰掛けていた状態から後ろへ倒れた。小さな体が柔らかなマットに沈む。

「ほんとかなぁ。皆が皆、私の事認めてくれるとは思えないけど……。反対派の人の中にはさ、私の命を狙ってくる人もいるかもしれないし」

ハルの声は先ほどとは違って弱々しかった。大人びた雰囲気も今は消えている。

たっぷりの沈黙の後でクロナギは答えた。

「……………いえ、それはないかと」

「なに今の間？　私の命を狙ってきそうな人について、心当たりがあるんだ？　そうなんだね？」

「ハル様、もうそろそろお休みにならないと……」

「分かりやすく話をそらさないでよー」

そんな危険がつきまとうなら、なおさら皇帝になんてなりたくない。

わぁわぁと騒ぐハルと、それに便乗して騒ぐラッチを、クロナギは「とにかく今日はもうお休みに」と、無理矢理ベッドに押し込んだ。

翌日、ハルは何故かアルフォンスと一緒に朝食をとるはめになっていた。

彼はハルがドラニアス帝国の次期皇帝になるかもしれないと知って、態度を変える事にしたようである。

今まで食べた事のないくらい柔らかなパンを口に押し込みながら、ハルはうんざりした目でアルフォンスを見ていた。

「いや、ハルの事は以前から普通じゃないとは思っていたんだ。皇帝のオーラがある、とね」

嘘をつけ、とハルは思った。ハルに帝位継承権があるとクロナギが言った時、アルフォンスは「何を馬鹿げた事を」とか「この娘はうちで働くただの下女だぞ」とか言ってたはずだ。

(ちゃんと覚えてるんだからね！)

ハルのしらけた視線に気づいたのか、アルフォンスは肩をすくめて言った。

「まぁ、それでも最初はやっぱり信じられなかったが……しかしその指輪！　それにその瞳！」

急に大きな声を出されて、ハルは大きく肩を揺らした。ずっと後ろに控えていたクロナギが腰の剣に手を置く気配がしたので、「ちょっとびっくりしただけだから！」と、視線で制する。クロナギは静かに剣から手を離した。

護衛に徹している彼の顔は、ハルと二人で話していた時と違って無表情で冷厳だ。そしてすごく無口。刺すような視線で常に周囲に目を光らせている。まさに番犬。

自分を守ってくれているとは言え、こんな人に背後に立たれると恐いな、と護衛され慣れていないハルは冷や汗をかく。

ハルと向かい合ってテーブルに座っているアルフォンスも、さっきから何度かハンカチで額の汗を拭いている。位置的に、まともにクロナギと目が合ってしまうのだろう。

「指輪と目ですか……」

ハルは食事の手を止めて、左手を少し上げた。その中指で、カミラから取り戻した母の形見の指輪が輝いている。

今朝クロナギが説明してくれた話によると、この指輪は代々皇帝一族に受け継がれてきた由緒あるものらしい。

皇帝は自分の伴侶と決めた人物にこれを贈り、求婚する。求婚された方は指輪を受け取り、はれて皇帝の妻や夫となる。そして二人の間に子どもができると、指輪はその子に受け継がれるのだ。

サイズを合わせるため、金の台座はその時々で新しいものに変えられるが、指輪につけられている大きな緑金の宝石はずっと同じものが継承されている。

そして宝石と同じ色のハルの瞳も、皇帝一族にだけ遺伝する特別な色なのだそう。

指輪についている緑金の美しい宝石は、人間たちの間では『竜の石』と呼ばれているが、竜人たちの間では『皇帝の石』と呼ばれているらしい。皇帝の目と同じ色だからだ。

昨日、あの森でハルが意識を失った後、アルフォンスもクロナギからこれらの話を聞いたのかもしれない。だからハルが帝位継承者であることを急に信じたのだろう。

ハルがぼーっと考えているうちに、膝に乗せていたラッチに朝食のハムを奪われた。

「ところでカミラ様……カミラさんはどこに？」

続いて奪われそうになった目玉焼きを死守しながら、ハルがアルフォンスに訊く。

「地下牢にいるよ。ちゃんと杖を取り上げて、監視もつけているから安心して」

ウインクと共に答えを返されて、ハルは彼からちょっと体を引いた。

「カミラの処分は君の望む通りに行おう。なにせ彼女は指輪を奪うために君を殺そうとしていたんだからね。ドラニアスの皇帝の血を継ぐ君を！　恐ろしい女だよ、全く。僕もすっかり騙された」

自分も被害者だと言うようにアルフォンスが言う。

カミラの事は別に恨んでいない。結局自分は無事に生きているし、指輪も返ってきたからどうでもいいというか……。

ならば完全に許したのかと訊かれるとそうでもないような気がするし、カミラとこれから仲良くしたいかと訊かれるとそれは絶対嫌だとも思う。

ハルは言う。

「カミラさんの事は恨んでないです。でも何かしらの罰がなければ、また同じような事を繰り返してしまうのかなぁとも思います。それで他の誰かがまた被害を受ける可能性もあるし……。だけど彼女の処分を私に一任されても困るので、そこはアルフォンス様のお父上、ご領主様に任せます。カミラさんは私を普通の下女だと思っていた、ドラニアスの帝位継承者だとは知らなかった、という事を考慮してあげてください」

ハルは淡々と言った。今は所用で屋敷を出ているアルフォンスの父は、息子に比べればまともで公平な判断ができる人物だ。カミラにも、重すぎず軽すぎない罰を与えてくれるだろう。

「分かった、父に伝えよう」

食事を終え、口元をナプキンで拭ったアルフォンスは、ぐいとテーブルに身を乗り出すと、

「ところで相談なんだが。君が故郷に帰ったら、ドラゴンを少し売ってくれないか？　欲しがる者はいっぱいいるから、いい商売になると……」

内緒話をするようにコソコソと伝えられた提案は、ハルが口を出すまでもなく、ラッチの唸り声とクロナギのひと睨みで却下された。


「さて、と」

使用人部屋に帰ったハルは、自分の持ち物を全て鞄に詰め込み、一息ついた。

昼間の今、下女たちは皆仕事中で、部屋にはラッチ以外誰もいない。部屋が狭いので、クロナギは扉の外で待機中だ。

ハルがドラニアスの帝位継承者である事は屋敷中の人間に広まってしまったらしい。廊下を歩くと、すれ違う使用人たちが好奇心もあらわに皆ちらちらとこちらを見てくるし、仲の良かった下女たちも話しかけにくそうにこちらと距離を置いていた。後ろにクロナギとラッチを引き連れているせいもあるだろうが。

「さぁ行こうか、ラッチ。どの道、もうここにはいられない」

貯めていたお金を全部詰め込んで、ハルは鞄を背負う。ラッチは「きゅん」と可愛く鳴いて後をついてきた。

扉を開けて使用人部屋を出ると、ハルが中で何をしていたのか知らなかったクロナギが、彼女の背

にある荷物を見て訊いた。

「その荷物は……？」

ハルは軽く肩をすくめて言う。

「私、ここを出るから」

「ドラニアスの皇帝になっていただけるのですか？」

「や、違う」

急いで否定する。

「ドラニアスには行くつもりだけど……でも、それはラッチを故郷に帰すため」

この屋敷には居づらくなってしまったし、ちょうどいい機会だとハルは思った。とりあえずドラニアスにラッチを送り届けて、その後の事はまた考えよう。

強い竜人ばかりがいるドラニアスで弱いハルが無事に生きていけそうにはないから、人間の国に戻って何か違う仕事を探す事になるだろうけれど。

「そうですか」

クロナギが言う。

そのあっさりとした反応にハルは拍子抜けした。別に反対されたい訳ではないのだが。

「あれ、いいの？　私皇帝にはならないよ？」

念を押すと、クロナギは苦渋の表情で答えた。

「……ええ、ハル様がそう望まれるのなら仕方ありません。昨晩、ハル様と話をした後で考えたのですが、貴方が皇帝になる事に反対する者は確かに出てくるでしょう。そういう者たちもハル様の事を知るうちに感化されていくと私は確信していますが、それまでに貴方を排除しようと行動を起こす者もいるかもしれない」

「昨日言ってた話だね。混血の私の事を、殺そうとしてくる人もいるかもって」

「はい。ですから、そういった危険があると分かっているのに、嫌がるハル様に『皇帝になってくれ』とは言えないと思ったのです」

「そっか」

皇帝にならなくてもいいのなら一安心だ。はっきりとした覚悟がないのに、皇帝という重い地位には立てない。

ハルは少し寂しそうに言った。

「じゃあクロナギとはもうお別れかな?」

次期皇帝でもなんでもないハルに、クロナギが付き従う理由はない。そう思ったのだが、彼の気持ちは違ったようだ。耳をくすぐるような低音の声で言う。

「何故です? 皇帝になられなくとも、ハル様が私の主人である事に変わりはありません。ハル様がラッチをドラニアスに帰すおつもりなら、私も共に参ります。常にお側に」

「えー! 私、いつの間にクロナギの主人になってたんだろ」

途方に暮れるハルの顔を見て、クロナギは大人っぽく笑った。

彼女の前で跪いて手を取ると、あわあわと慌てるハルの指輪に口づけを落として言う。

「私は貴女だけの騎士です、我が君」


竜人には、強い闘争心を持つ喧嘩好きが多い。そのため昔から軍の中では殴り合いの喧嘩がしょっちゅう起きていた。

しかしそれは肉食獣同士のじゃれ合いのようなもの。ストレス解消の息抜きなのである。

意見が違えば本気でぶつかる事もあるが、それがずっと続く事はない。小さな考えの違いはあっても、『皇帝を守る』という大義を見失う事はないからだ。

彼らは同じ主君に仕える同志なのである。

だが今、守るべき皇帝のいなくなった帝国内では、ただのじゃれ合いではない争い事が頻発していた。

主君を失った事で、皆違う方向を向くようになってしまったのだ。

「クロナギはまだ戻らないのか」

ドラニアス帝国の中心にそびえ立つ禁城の執務室で男が言った。戦神と呼ばれた彼でさえ、一年前の悲劇からはまだ立ち直れていない。

皇帝を守れなかった自分の不甲斐なさと主を失った喪失感で心は重く沈み、一秒たりとも浮く事はない。

しかし男には、いつまでも感傷に浸っている時間はなかった。

軍の最高司令官であり、全ての竜騎士たちをまとめる立場にいる彼には、皇帝のいないドラニアスを守っていかなければならない責任がある。

それだけに、皇帝が死んだ直後に国を出て行ったクロナギのことは不愉快だった。

彼の事を頼りになる部下だと思っていただけに、今どこで何をしているのかと腹立たしくなる。

「この大変な時に、いつまで国を離れているつもりだ」

そう言ってため息をつくと、男の側近が静かに答えた。

「クロナギはフレア様を探しているようですよ。おそらくエドモンド様が亡くなった事を知らせるためでしょう」

男は片眉を上げた。

「ドラニアスから去ったフレアには関係のない事だ。彼女はただの人間。エドモンド様の死を、わざわざ知らせる必要はない」

――と、彼らのいる部屋の窓に、一羽のヒダカが舞い降りた。赤茶色の羽毛を持つ、ドラニアスにだけ生息するタカ科の鳥である。

男の側近はヒダカの背に取り付けられた器具を外すと、中から薄い紙を取り出した。ずらずらと文字の書かれたそれを読み、美しく笑う。

「ちょうどクロナギの動向に関しての報告が届きました」

「ヤマトだな。やっとか。定期的に報告を上げろと言っているのに」

「仕方ありません。クロナギ相手では、ただの尾行も簡単にはいきませんから。『一度見つかってまかれたため、報告が遅くなった』と書いてあります。しかしそれ以外にも面白い報告が……」

「何だ？」

そう返した男に、側近はいわくありげな笑みを浮かべて説明した。

聞くうちに、男の眉間にみるみる皺が寄っていく。元から威圧感のある顔が、さらに恐ろしくしかめられた。

「エドモンド様とフレアの子だと……？」

「ええ、そのようです。クロナギは彼女を皇帝に据えるつもりだとヤマトは読んでいるようですが」

皇帝一族の血を引くエドモンドの子どもがいた事は、男にとっても帝国にとっても非常に喜ばしい事だった。主君をなくしていた喪失感が一瞬埋まる。

しかし、その子は人間の血も引いているのだ。

男の心に、燃えるような憎悪と怒りが蘇った。エドモンドの命を奪った、ラマーンの国王に対するものである。

人間ほど愚かな生物はいない。人間の血を引く子どもをドラニアスの皇帝にする訳にはいかない。

男は静かに指示を出した。

「その子どもは決してドラニアスに入れるな。最後の手段だが、必要であれば殺す事もいとわない」

エドモンドの血を引く子だ。できれば殺したくはない。

しかしその子は人間の国で、人間として、人間のフレアに育てられた。恐らくエドモンドの性質は受け継いでおらず、ただの少女として育っているはず。皇帝の血を受けついでいると感じられる部分など一つもないだろう。

おまけに、その子の存在が国民に知られれば、帝国はまた混乱する。

「他の竜人たちには、この話が漏れないようにしろ。秘密裏に処理しなければ……」

混血の皇帝を認めるか否か。国民の意見は別れ、内戦が起こるかもしれない。国が分裂するような事態にはしたくなかった。

ドラニアスは強固な一つの塊でなければならないのだ。亡くなったエドモンドのためにも、国を壊す訳にはいかない。

――ドラニアスは一つ。崩れかけているなら、不穏分子は排除して、力尽くでまとめるのみ。

「ソルとオルガを向かわせろ。あの二人ならクロナギに怯《ひる》む事もない」

「……ええ、分かりました」

男の命に、側近は静かに目を伏せた。

第二章
episode.02

♦ Ordinary Emperor ♦

今日は分厚い灰色の雲が天を覆っているせいで空が低い。今にも雨が降り出しそうだ。

「やだな、私雨具持ってないのに」

空を見てハルが言う。つられてラッチとクロナギも頭上を見上げた。

ラッチを故郷に帰すため——ドラニアス帝国に向けての旅は、今日で六日目。

屋敷を出る時、アルフォンスは少なくない額の金と、立派な馬、そして護衛の騎士を用意してくれた。ハルがドラニアスの帝位継承権を持っていると分かってから、やけに優しいのである。

しかしそれを受け取ってしまったら、ハルが皇帝の地位に就いた後にそれ相応の見返りを求められそうだったので丁寧に断っておいた。そもそも皇帝になるつもりもない。

アルフォンスは最後の最後までハルの出発を渋った挙句、ハルが考えを変えないと分かったら、

「これで君とお別れだなんて耐えられないよ。ドラニアスに着いたら必ず手紙を書いてくれ。これからもずっと仲良くしていこう」

などとも言っていたが、それも下心満載の言葉だという事は明白なので、もちろんもう二度と仲良くするつもりはない。母にしつこく言い寄っていた事は忘れないし、母を困らせる人間はハルにとって敵なのである。

一応ご領主様には手紙を残して——直接話した事はほとんどないので名前を覚えられているか分からないが——今までお世話になった感謝と最後の挨拶ができなかった謝罪を綴《つづ》っておいた。

そしてそこには、これまでのアルフォンスの女好きな態度や、今回の一件に関してまったく頼りにならなかった点を控えめにだが詳細に書いて告げ口しておいたので、再教育を施してくれる事を祈る

ばかりである。

さて、そんなアルフォンスとも無事に別れて、今ハルたちは『平和の森』と呼ばれる森の中にいた。

魔獣の出現が少ない事から『平和』などという名称をつけられているらしいが、その名の通り平穏無事にここまで来る事ができた。森を切り開いてつくられた一本道を歩いていたから迷う事もない。

そしてこの広大な森を抜ければ、今日の目的地のトチェッカに着くはず。トチェッカは人口の多い比較的栄えた街で、今夜はそこで宿をとるのだ。

クロナギは不安定な空からハルに視線を戻し、言った。

「トチェッカに着いたら雨具を買いましょう。雨に降られて体が冷えたら大変です」

「うん、そうしよう」

ハルは頷いた。自分は竜人の血を引いているとは言え、体の弱かった母親の血も継いでいるわけで。今まで風邪をひいた事はなかったが、これからはどうか分からない。旅の途中で体調を崩せばクロナギにも迷惑がかかる。そう思った。

「あ、前から人が来たよ」

ハルが声を上げる。森の中の一本道を、正面から人が歩いて来たのだ。ハルたちと同じく旅の途中と思われる風貌だった。

ハルの隣を飛んでいたラッチが急いでクロナギの背に戻る。

クロナギは自分の荷物の他に空の麻袋を背負っていて、人の目がある時はそこにラッチが隠れるのである。体力のあるクロナギにとっては、子竜を背負って歩く事など何の負担にもならないらしい。

彼に任せてばかりでは悪いからと、一度ハルが交代を申し出たのだが即座に却下された。

実際ラッチは結構重いので、クロナギの協力にはかなり助けられている。彼が一緒に来てくれてよかった。

旅人とすれ違い、二組の間の距離が離れると、ラッチが袋からひょっこりと顔を出す。

「街に入ったら宿の中以外では袋から出ちゃだめだよ。窮屈だろうけど我慢できる？」

ハルが尋ねると、ラッチは『できる！』と言うように高く鳴いた。


「この外套、どう思う？」

「よくお似合いです」

店の商品を試着したハルに、クロナギが迷いなく答える。

「いや、お似合いかどうかじゃなくて品質的な事を訊いたんだけど……」

照れて赤くなった顔を隠すため、ハルは外套のフードを深く被った。

平和の森を平和に抜けてトチェッカに着くと、ハルたちはまず雨具を探す事にした。今にも雨が降り出しそうだったからだ。

そしてちょうどいい店を見つけて中に入ると、可愛い若草色の外套を見つけて試着した。他のものは黒や紺といったものが多いが、雨の日くらいは晴れやかな色を着たいと思っての選択だ。

たぶん十二才くらいの子ども向けのものだという事は知らない振りをしよう。大きさがぴったり合うのが悲しくなるから。

この外套は防水性の高い糸で織られており、雨を弾く。どしゃぶりの雨だった場合は水が染みてきてしまうが、それは仕方がない。雨を完璧に防いでくれる外套など、魔術を使わなければ作れないのではないだろうか。

「まぁ、これでいいや」

ハルはこの外套を買う事に決めた。ちなみにクロナギはすでに黒い外套を持っていて、雨具はいらないらしい。領主の屋敷では竜騎士の軍服を着ていた彼だが、今は当たり障りのない服装で人間たちに紛れている。

が、やはりその鍛え抜かれた体や、鋭くも整った顔立ち、隙のない所作は隠しきれるものではない。さすがに一目見て竜人だと気づく者はいないが、人間ばかりの街ではクロナギは少し目立った。

ハルは何か言いたげにこちらを見てくるクロナギを無視し、自分の金で外套を買った。彼は金銭的にもハルを助けたいと思ってくれているらしいのだが、そこまで甘える事はできない。

基本的に旅の費用は折半にして、自分のものは自分で買っている。ハルも給料を貯めていたし、僅かだが母が遺してくれたお金もある。クロナギに依存しなくても贅沢しなければやっていけるのだ。

「だいたい、私の事『主』とか言うなら、金銭的に頑張らなきゃいけないのは私の方だよ。従者に奢ってもらう主人なんていないもの」

財布を出す機会を与えられず、何故か恨めしげな表情をしているクロナギにハルが言ったが、こう返されて終わりだった。

「それとこれとは別です」

別なのかなぁ。そう思いつつもハルは口をつぐんだ。「じゃあ奢って下さい」と返されても、今の自分にはクロナギを養う甲斐性なんてないからだ。心配するまでもなく、彼はそんな事言わないだろうが。

その日はもう夕暮れが近かったので、外套を買った後は適当な宿を選んで体を休めた。

「ハル様と同じ部屋で眠る無礼をお許しください」と大げさに膝をつくクロナギに、「毎回毎回謝らなくていいから！　私気にしないから、そんなの」と慌てる。

「だいたい私は皇帝にならないんだから。堅苦しい敬語とかやめてさ、友達のような感じでいこう」

ベッドに腰掛けたままそう言って軽く誘ってみたが、厳しい視線で一蹴された。クロナギは真面目だ。

（というか同じ部屋で寝るんだから、主従の部分より、男女の部分を気にしてほしい）

などと一旦は思ったものの、しかし冷静に考えてみれば、クロナギにとってはハルなど女ではないのかもしれない。クロナギは二十五、六歳に見えるし、きっとハルのような小娘は子どもに見えるだろう。

だから男女の部分を気にする必要はないし、薄い寝間着姿でも恥ずかしがらなくていいのである。

そうハルは判断した。

「ハル様」

「うん？」

「毛布を……」

しかしそろそろ眠ろうと思っていたハルが、二の腕や膝の出た寝間着でベッドに座っていると、クロナギが複雑な表情で早く毛布を被るようにと進めてくる。

そうして座っているハルの体を毛布で頭までくるくると包むと、ものすごく真剣な顔でこう訴えてきた。

「いいですか。同じ部屋に男がいるのに、上着も羽織らずにそのような格好でおられるのは感心しません。特に他の男の前では絶対に駄目ですよ、そんな無防備な姿を晒しては」

「はいはい」

適当な返事をしたハルに、クロナギの瞳が厳しさを帯びる。

「ちゃんと分かっておられるのですか？　私がお側にいる限りは下心のある男など近づけさせませんが、ハル様ご自身にも警戒心を持っていただかないと」

毛布できっちり梱包されたハルの肩をクロナギが両手で掴み、言い聞かせる。

「特にハル様と同年代の少年などは異性に対しての興味が深まる年頃ですから、年が近そうだからといって気安く話しかけたりなさらぬよう。しかし、かといって年上も駄目です。人間の男はいくつになっても邪な事を考えて生きているのです」

「すごい偏見」

「十代から六十代くらいまでの男には最大限の注意を怠らぬようになさってください」

「それじゃ私、幼児とお爺さんとしか話せないよ」

「それで十分です」

「……でも、そんなんじゃ恋人できない」

ハルは唇を尖らせて拗《す》ねた。恋愛にはそれほど興味があるわけではないが、もうすぐ十五になるし、これからは人並みに恋人を作ってみたいと思うのだ。

「恋人？」

しかしクロナギが地を這うような声を出すので、ハルは一瞬びくりと肩をすくめ、尖らせていた唇を元に戻した。薄暗い部屋の中で、クロナギの目が鋭く光る。

「恋人などハル様には早過ぎます」

ぴしゃりと言い切られてしまったので、ハルはもうそれ以上反論しなかった。どうやらクロナギは、男女関係については母よりも厳しいらしい。

クロナギの望み通り毛布を首まで被ってベッドに横になると、窓辺にいたラッチが小さく鳴いた。と同時に、きゅるきゅるとお腹も鳴らしている。宿で出たハルの分の夕食を分け与えたのだが、足りなかったようだ。狩りをしたいのか、外へ出たそうにしている。

「人間に見つかるなよ。狩りをするなら『平和の森』へ行け」

そう言いながら、クロナギは宿の部屋の窓を開けた。ラッチはぎゃうと鳴いて翼を広げると、そこから夜空へ飛び立つ。ラッチの明るい橙色の体も、夜の闇には簡単にまぎれた。あれなら人間には見つからないだろう。

この狭い部屋の両端にはベッドが二つ置いてあるのだが、ラッチを見送ったクロナギは、ハルが横になっているのとは反対側のベッドに腰を下ろした。

彼も今は上着を脱ぎ、楽な格好をしている。黒い肌着の下で、しなやかな筋肉が隆起していた。

「もうお休みになられますか？」

「うん」

クロナギが蝋燭《ろうそく》を消すと、部屋は完全な暗闇に包まれた。目をつぶって眠りにつこうとしたハルだが、しばらくしてゆっくりと目を開けた。

クロナギは自分のベッドに座って地図を広げている。旅の行程を確認しているのだろうか。

「申し訳ありません。うるさいですか？」

「ううん、違うの」

実際、紙を広げる音なんて全然しなかった。

こちらを見たクロナギの瞳は、暗闇の中で優しい輝きを放っている。

ハルは毛布を口元まで被ったまま訊いた。

「地図、ちゃんと見えるの？」

「竜人は夜目《よめ》がききますから」

「ああ、そっか」

まぶたを閉じる事なく、じっとクロナギを見ていると、彼は地図を畳んでこちらへ近寄ってきた。

そしてハルのベッドの隣に膝をつく。

「眠れないのですか？」

「……ん」

クロナギは迷うように手を彷徨わせた後、遠慮がちに枕の上のハルの頭を撫でた。

髪に触れられる感触が気持ちよくて、猫のように喉を鳴らしたくなる。撫でている方のクロナギは別に気持ちよくなんてないだろうに、何故か幸せそうな顔をしていた。

「ねぇ、クロナギ」

「はい」

「私の父さまと母さまは、どうやって出会ったの？」

クロナギは一瞬過去に思いを馳せた後で、静かに説明した。

「我々が人間と交流を持ち始めて間もない頃の事です。人間の国で評判の音楽団をドラニアスに招いたのですが、フレア様はそこにいました。彼女は竪琴の奏者でしたから」

「へー！　知らなかった」

ハルの目が丸くなる。母はよく歌を口ずさんでいて、それがとても上手だったのは覚えているが、竪琴を弾けるとは初耳だった。

「それがお二人の出会いです。最初はエドモンド様の方がフレア様に惹かれたようですね。一目惚れだとか」

無理もない。ハルはにんまりと笑った。母はすごく美人なのだ。

「身分を気にしてでしょうか、フレア様は初め、エドモンド様のアプローチを丁寧にかわしておられました。しかしそのうち、エドモンド様の気さくで優しい人柄に惹かれていったようです。お二人は心を通わせ、音楽団が国に戻っても、フレア様はドラニアスの城に残られました」

クロナギの低い声は耳に心地よく、ハルは本の中の物語を聞くように話を聞いていた。

「臣下の中にはエドモンド様が人間の伴侶を持つ事に反対する者もいましたが、元々これから人間と仲良くしていこうとしていたところでしたし、エドモンド様の説得やフレア様の人柄もあって、反対する者は減っていきました。エドモンド様はフレア様に指輪を贈り、二人の結婚も近いと思われていたのです」

そこでクロナギの表情が暗くなり、ハルもつられて眉を垂れた。

父と母は結婚し、幸せに暮らしました。という結末なら、自分は今ここにはいないのだ。ドラニアスで育っていたはずだから。

「しかしフレア様は突然エドモンド様に別れを告げられ、指輪を持ったまま、逃げるようにしてドラニアスから去られました」

「何があったんだろう」

心配そうにハルが言った。当時の母の心情を想う。クロナギはゆっくりと首を振った。

「分かりません。けれど推測する事はできます。私はその頃まだ未熟な竜騎士でしたが、フレア様の護衛を任されていました。近くでお二人の事を見守っていましたが、やはり種族の違いに悩まれていたのではないでしょうか。つまり――」

「ふぁあ、眠い……」

翌日、ハルたちは朝食を食べた後で宿を出た。相変わらず曇天が続いているが、雨は降っていない。はっきりしない天気だ。

ラッチはクロナギの背の麻袋の中でぐっすりと寝ている。近づくと小さないびきが聞こえてきた。

「今日は少しこの街を見て回りましょうか。真っ直ぐドラニアスに行こうとすると、ジジリア国内ではこのトチェッカほど大きな街に寄ることはありませんから」

クロナギが言った。

「それにトチェッカは美味しいものが多い街として有名なのです。ここでしか食べられない物もたくさんあります」

「そういえば酒場が多いなぁって思ってたんだよね。ここの道沿いなんて食べ物の屋台がずらっと並んでるし。実は私もちょっと気になるものがあって、昨日どこかの屋台で見たんだけど……」

「眠い」と言っていたハルの足取りが急に軽くなった。昨日、屋台で見たドーナツが食べたいのだ。

最近流行のふんわり軽い食感のものではなく、昔ながらのしっかりした生地のドーナツのようだった。ハルはふんわりドーナツをドーナツとは認めていない。ドーナツとは口の中の水分を奪われながら食べるものなのだから。

(それか、カスタードのたっぷり入った甘いパイでもいいな)

これも昨日屋台で見つけて目をつけていたものだ。確か上には刻んだアーモンドが乗っていたはず。

ハルは甘い物が大好きだった。

今ならラッチもお腹いっぱいで眠っているから、自分だけ美味しい物を食べているという罪悪感も味わわずに済む。

ハルはわくわくと財布を握りしめた。予算を決めて、その範囲内でどれだけ食べられるか考えるのも楽しい。屋台の食べ物は安いのだ。

急に瞳を輝かせたハルに苦笑しつつ、クロナギも彼女の後を追った。

「ちょっと思ったんだけどさ」

カスタードのパイをかじりつつ、片方の頬をリスのように膨らませたハルが、後ろを歩くクロナギに声をかけた。ちなみにクロナギは甘い物が苦手らしく、ドーナツもパイも買っていない。せっかくの機会なのにもったいない。

「何でしょう」

「この街の人ってさ、あまり活気がないよね」

「そうでしょうか?」

クロナギが首を傾げる。それは彼がこの街に対して抱いた印象とは真逆だったからだ。

「トチェッカは食の街ということで栄えていますし、どちらかというと活気があるように見えますが……」

特にハルとクロナギが今歩いてきた大通り周辺は、トチェッカの中でも最も賑わっている場所である。人通りも多く、活気がないとは言いがたい。

ハルは口の中のパイを飲み込んでから言った。

「確かに私たちみたいに大きな荷物を持った人たち、つまり他の町からやってきた人たちは美味しい物を食べてトチェッカを満喫してる様子だけど……でもほら、見て。この街の住人たちはあまり元気がないみたい」

言われてみると確かにそうかもしれないとクロナギは思った。

この通りに店を開いている住人たちの顔を見ると、皆一様に少し暗い表情なのである。客は多く、儲かっているようだから、店をやっていくのが苦しいわけではないだろうに。

クロナギはハルの観察力に軽く驚いた。失礼だが、甘い物にしか目がいっていないと思っていたのだ。

「よく気づかれましたね」

クロナギが言うと、ハルは手に持ったパイを見つめて悲しそうに説明する。

「だってこんなに美味しいもの売ってるのに、その屋台の人は全然幸せそうじゃないんだもん。甘いお菓子に囲まれて仕事するの、私にとっては夢みたいな事なのに」

ハルらしい理由にクロナギは笑いそうになったが、本人はごく真面目に言っているようなので堪えた。

ハルは前方にある屋台を指差し、続ける。

「ほら、あそこでタルトを売ってるおばさんも何だか暗い顔して…………って、何あれ？　ナッツのタルトに、林檎、チーズ、それにカボチャ！　ああ、種類がいっぱいで迷う！　何買おう!?」

「ハル様……」

キラキラした笑顔でタルトの屋台に駆けていくハルを止める事は、クロナギには到底できなかった。

「うああ、美味しい！　タルト生地の甘さと林檎の酸味が絶妙に合ってるし、林檎の量もちょうどいい。少な過ぎると悲しいし、かと言って多過ぎても飽きるけど、これはやや多めですごくいいバランス。林檎にしてよかった。きっとこのタルト屋さんの中でこれが一番美味しいはずだから、林檎にしてよかった、本当」

林檎をたっぷり使ったタルトを頬張っていつになく饒舌《じょうぜつ》に語りながら、ハルはカボチャやチーズといった他の種類のタルトを視界に入れないように努力していた。タルトの一切れの値段は『三シール』だが、ハルが屋台で使うと決めたお小遣いの予算は『十二シール』。すでにカスタードのパイも三シールで買ってしまったし、タルト以外のお菓子も買いたいので、この店では一種類しか買えないのだ。

林檎タルトを味わいつつ、「たぶんチーズのやつは不味いから。カボチャのもナッツのも見た目は素晴らしいけど味は最悪なはずだから」と必死に言い聞かせて自分を抑えているハルに、クロナギはいつの間にか自らの財布を差し出していたが、やせ我慢したハルに「いいよ」と遠慮される。

「お嬢ちゃんたち、旅の人かい？」

林檎以外のタルトをけなされた屋台のおばさんは、しかし分かりやすいハルの本心に気づいているようで、愛想よく声をかけてきてくれた。

もぐもぐとタルトを咀嚼《そしゃく》しながらハルが答える。

「うん、これからもっほ、にひ（西）の方へ向かうんれふ」

ドラニアス帝国へ行くと言ったら驚かれそうなので、そう言った。

「そうかい、いいねぇ。わたしもこの街を出たいよ」

「どうして？」

ハルが聞くと、屋台のおばさんは疲れた表情をして東の方を指差した。

「あそこに森が見えるだろう？　今までは『平和の森』なんて呼んでたけど、最近そうでもなくなってね。恐ろしいったらありゃしない」

「大きな魔獣でも出るんですか？」

「いいや、魔獣よりも恐ろしい化け物さ」

「えー、そんなのいる？　一体何が出るの？」

ハルは怯えた。普通に通り抜けて来たけどそんなに危険な森だったのか、と。

おばさんは声を低くして、怖がらせるように言った。

「ドラゴンさ」

「ぅえ？」

ハルはすっとんきょうな声を出す。

「ドラゴンだよ。お嬢ちゃんみたいな子どもでも存在くらいは知ってるだろ？」

「し、知ってますけど……というか私、子どもというほど子どもじゃないんですけど」

変なプライドを見せるハルにおばさんは続けた。

「最近、森でドラゴンを見たって住人が増えてきてね。なんでも、見上げるほど大きなドラゴンが二体もいたらしいよ。そのうち街の方へ来て人を襲うんじゃないかって皆ヒヤヒヤしてんのさ」

「それは怖いですね」

ハルは神妙な顔で頷いた。ラッチの事はちっとも怖くないが、それは彼がまだ小さいからだ。自分に懐いてくれていて、攻撃される心配がないからでもある。

でも、大人のドラゴンなんて目の当たりにしたら腰を抜かしてしまいそう。彼らは大型の魔獣でさえも襲って食べてしまうらしいから、人間なんてひとたまりもない。

しかし普通、彼らはドラニアスにしか生息しないはずである。もちろん岩竜にしろ飛竜にしろドラゴンには翼があるから、ドラニアスから海を渡って人間の住む大陸へ来るのは無理な話ではない。

無理な話ではないが、今までドラゴンたちが自分から人間の国へやって来る事はほとんどなかったのである。

なのにどうして今、平和の森にドラゴンがいるのだろう。彼らは大きなドラゴンらしいから、ラッチのように密猟者が連れて来たとは思えない。

「うーん」と唸るハルに、屋台のおばさんは続ける。

「だけどそのドラゴンはマシな方さ。まだ襲われた住人もいないしね。問題は……ほら、噂をすれば奴らが来たよ」

嫌悪感たっぷりのおばさんの視線の先には、ガラの悪そうな男が三人いた。賊のようにも見えるが、そう断言するには違和感がある。

ハルはじっと彼らを観察した。三人の男たちは皆高そうな服を着ている。とは言え、あまり上品な着こなしじゃない。じゃらじゃらと装飾品をつけて、趣味の悪い小金持ちといった印象。

それに賊にしては貧弱で喧嘩も弱そうに見えた。あまり筋肉のついていない細い体をしている。

彼らは他人を見下すような笑みを浮かべながら、大通りの店や屋台を一軒一軒訪ねていた。

いや、訪ねるなんて丁寧なものではない。

「おい、集金だ。今週の分出せ」

果物を売っている屋台のお姉さんに向かって、三人の男のうちの一人が脅すように言った。白っぽい金髪を後ろにぺったりと撫でつけていて、目つきの悪い男だ。成金下級貴族と賊を足して二で割った感じ。

後の二人は、紫の髪の陰気な雰囲気の男と、頭にバンダナを巻いた男だった。

屋台のお姉さんは男たちが恐ろしいのか、素直に金を渡した。男が金額を確認する。

「集金？　今週の分って？」

ハルが訊くと、おばさんはひそひそ声で答えた。

「あいつらは週に一度、わたしら住人から、ああやって金を集めて回ってるのさ。『強盗が来た時に助けてやるから、その用心棒代だ』とか何とか理由をつけてね。あいつらが強盗みたいなもんだよ」

「あの人たち、何者なの？」

「魔術師さ。どこにも所属していない魔術師」

ああ、それで。とハルは納得した。彼らは魔術を使えるから、特に体が大きくて強そうなわけでもないのに、あんなに自信満々で偉そうなのかと。

どこかで聞いた事がある。魔術師は魔術に頼って体を鍛えないから、男でも筋力のない者が多いと。

おばさんは続けた。

「あたしらはあいつらの事を『魔賊』と呼んでるんだ。魔術の使える賊って事でね。奴らは一ヶ月ほど前にふらっとこの街にやって来て、そのまま住み着いたんだよ。そこにいる三人だけじゃない。魔術を使える男ばかり、全部で二十人近くはいたはずだ。それで、こうやって住人から金をせしめて、自分たちは豪遊してるのさ」

ハルは顔をしかめた。

「ひどいね。どうにかして街から追い出せないの？」

「わたしらも最初は反発したんだよ。だけどあいつら恐ろしい魔術を使うのさ。炎を出したり、雷を落としたりね。手も足も出やしない。街の自警団でも同じだった。ここはそこそこ栄えた街だから、大きな一団ではないけれど、ご領主様の騎士様たちも常駐してくださっていたんだけどね、魔賊たちは一番最初にその詰め所を襲撃してあっさりと壊滅させちまった。この街から閉め出されたのは騎士様たちの方さ。どうやら魔賊の奴らは、悪い事に、魔術師としてはとても有能な奴らばかりらしいね。ご領主様は王都の優秀な魔術師様や騎士様をトチェッカへ派遣してくれるよう要請しているらしいけど、一体いつになるやら」

おばさんはため息をついた。

トチェッカはアルフォンスの父の領地ではないから、この地方を治めている領主は彼とは別の人物である。噂でしか知らないが、最近代替わりしたここの領主は気弱な性格をしていたはずだ。

過去の歴史を顧みてもこの地方は戦や反乱が少ない土地であり、敵を撃退する経験と知識も乏しい。常駐の騎士たちが簡単に討たれてしまった事で、きっと領主は今、混乱しているに違いない。

そんな事を考えている間に、魔賊の男たちは店主たちから順番に金を巻き上げていき、ついにハルたちのいる隣の屋台までやってきた。そこでは串焼き肉を売っている恰幅《かっぷく》のいいおじさんの他に、客が一人いた。まだ若い男だ。彼は近づいてきた魔賊に気づいていない様子で屋台のおじさんと話をしている。

「一本五シールは高くないか？　三本買うからもうちょっとまけてくれよ」

「いや、悪いがこれ以上はまけられないね。うちもギリギリで商売やってんだ」

「そんな事言わずにさ――」

突然。

バチッという強烈な音と共に、客の男が白目を剥いて昏倒する。

いきなりの展開にハルは思わず後ずさり、背負っていた荷物が後ろにいたクロナギに当たった。

倒れた男の近くには魔賊の男が立っていて、小型の杖を掲げている。どうやらあの男が屋台の客を襲撃したらしい。

（でも、どうして？）

ハルの方に顔を寄せ、屋台のおばさんが小声で話す。

「ほら、見ただろ。奴は杖の先から小さな雷を出したのさ」

と同時に、魔賊の男の声も聞こえてきた。金髪オールバックの男だ。串焼き肉の屋台のおじさんに、ヘラヘラと笑って声をかけている。

「さぁ、面倒な客を退治してやったぞ。今週の分に、上乗せ料金も払えよ」

「なんだと!?」

おじさんは怒りで顔を赤くさせ、声を荒げた。せっかくの客に攻撃を仕掛け、あまつさえ金を要求するなんて、と。

「馬鹿な事を言うな！　魔賊だか何だか知らんが、いい加減にし……ろ」

途中で杖を喉元に突きつけられて、おじさんの声が小さくなる。魔賊の男は杖を剣のように掲げたまま、意地悪く笑った。

「あんたも雷撃を浴びたいのか？　それとも金を払うのか？　俺はどっちでもいいんだぜ」

「……っ、金を……払う」

おじさんは悔しそうに歯を食いしばった後、声を絞り出すようにして答えた。金髪オールバックの男は、フンと鼻を鳴らして杖を引っ込める。

「魔力を持たない下等生物が俺たちに逆らうんじゃねぇよ」

そう吐き捨てて金をむしり取ると、地面に倒れている客の男の体を邪魔だとばかりに蹴ってからこちらへ歩いてきた。仲間の陰気な男とバンダナの男も、薄ら笑いを浮かべながら後に続く。

そうして、ふとハルの視線に目を留めると、

「じろじろ見てんじゃねぇよ、ガキが」

細長い指を広げ、ハルに掴みかかってきたのだ。

とっさにぎゅっと目をつぶったハルだったが、結局何の衝撃もなかったので恐る恐るまぶたを開いた。

しかしまた、すぐに現実から目を逸らしたくなった。

「あぁ？　てめぇ、何のつもりだ」

一触即発。その言葉がぴったり。

ハルに向かって伸ばされた男の手を、クロナギが掴んで止めていたのだ。

金髪オールバックの魔賊の男が激しくクロナギを睨みつけ、クロナギは冷ややかに男を見下ろしている状況。

クロナギの方が背が高く強そうなのに、魔賊の男たちに焦る気配はない。きっと自身の経験から、体格や筋力の差など魔術の前では問題にならない事を知っているのだろう。

そこで一人焦っているのはハルだ。あわわ、とクロナギの心配をする。

紫の髪の陰気な男とバンダナを巻いた男が余裕の表情で杖を取り出し、脅すようにクロナギに向けた。攻撃されるのが怖かったらその手を離せよ、と言うふうに。

オールバックの男も自由に動く方の手で杖を構えつつ、至近距離でクロナギを値踏みするように見た。彼の腰に携えられている剣に目を留め、また顔に視線を戻す。

「お前、兵士か傭兵か？　喧嘩に自信があるんだろ？　だが、いくら体を鍛えてたって関係ねぇんだよ。俺ら優秀な魔術師の前ではな」

が、クロナギの表情が変わらないのを見て、オールバックの男は苦々しく呟いた。

「俺はお前みたいにスカした野郎が一番嫌いなんだ。無駄に整った顔しやがって」

「ただのやっかみじゃねぇか」

仲間から野次を飛ばされて、男は「うるせぇよ」と吐き捨てた。

そうしてクロナギを睨みつけ、歪んだ笑みを浮かべる。

「その顔ぐちゃぐちゃに潰してやるよ」

カッと目が見開かれたかと思うと、男は早口で流れるように呪文を唱えた。彼らが優秀な魔術師であるというのは本当なのだろう。難しいはずの呪文をどうしたらこんなに速く紡げるのか。

周りにいる人たちは、巻き添えを食わないよう悲鳴を上げて逃げていく。

ハルはまたすぐに目をつぶったが、杖から攻撃が放たれたであろう瞬間、顔や首などのむき出しの皮膚に熱を感じて焦りを覚える。

（クロナギが……っ！）

ハルは目を閉じたまま闇雲に手を伸ばし、隣にいるクロナギをこちらに引き寄せて守ろうとした。

しかしハルの手は彼の体を捉える事ができず、代わりに自分が捕われる。

「わあッ！」

気づけばハルはクロナギに抱きかかえられ、宙を飛んでいた。下では魔賊の男が杖から荒れ狂う炎を吐き出していたが、その攻撃はその場から消えたクロナギに当たる事はない。

魔賊の男たちが驚愕の声を上げる。

「消えた⁉」

「くそ、どこへ行きやがった！　あいつも魔術師だったのか⁉」

「いや、まさか。杖を持っていなかったし、呪文も唱えてない」

奴らはクロナギが竜人だという可能性に気づいていないようだった。

だから彼が攻撃を受ける寸前にハルを抱えて地面を蹴り、近くの建物の屋根まで飛び上がったなんて想像もついていないらしい。

「出てこい、どこ行った！　馬鹿にしやがって！」

魔賊の男たちは頭上を見上げる事なく、必死で屋台の下なんかを覗いている。そんなところにクロナギの体が入るわけない。

ハルは早鐘《はやがね》を打つ自分の心臓を押さえながら、地上で騒ぐ男たちを見下ろした。ああ、怖かった。

「申し訳ありません」

ハルを丁寧に抱えたままクロナギが言う。

「私は大丈夫。ちょっとびっくりして、胸がドキドキしてるだけ」

魔賊の男たちが出し抜かれた事を、街の住民たちは少し面白がっているようだった。笑いこそしないものの、皆「ざまぁみろ」という顔をしている。

オールバックの男から雷撃を打たれて倒れた客の男は、周りの人に助けられ、介抱を受けているようだ。

「このまま逃げられると思うなよッ！」

どこにいるかも分からないクロナギに向かって、男が叫ぶ。頭に血が上っているようで、額に浮き出た血管が今にもぷつんと切れてしまいそうだ。

仲間と連れ立って自分たちのアジトに帰っていく男を見つめながら、クロナギがもう一度ハルに謝る。

「申し訳ありません、ハル様。ゆっくりとトチェッカを見て回るつもりでしたが、やはり今すぐにこの街を出ましょう。二十人近くの手練の魔術師とやり合うのは骨が折れますし、ハル様にも危険が及ぶ可能性がないとは限りません。おまけに、奴らとやり合う中で街の住民に私の正体が竜人だと知られたら、さらに面倒な事になりそうですし」

「そ、そうしよう。ぜひ逃げよう」

ハルはうんうんと頷いたが、

「でも、この街の人たちは大丈夫かな」

と、心配そうに言う。クロナギはハルの思いやりに目を細めつつ、臣下として叱った。

「ハル様、あなたが優しいのは分かっていますが、それは我々が気にするべき事ではありません。人間たちの問題に首をつっこんでも、あまりいい事はない。この街を救わなければならないのは我々ではありません」

「……そうだね。特に私はあの魔賊相手に何もできそうにないし。王都の騎士団が早く来て、あいつらを捕まえてくれるといいんだけど」

ハルはしゅんとうなだれた。


その日の午後は雨だった。雨粒がしとしとと音を立てて地面を叩いている。

トチェッカは広いので、ハルたちはまだ街を抜けられていない。中心部には食べ物を扱う店がひしめき合っていたが、この辺りはそうでもなかった。人通りも少なくはないが、多くもない。

ハルは自分の顔を隠すように外套のフードを深く被っていた。魔賊の奴らに見つかったらどうしよう、とビクビクしながら。

「それほど怯える必要はありません」

クロナギが冷静に言う。彼も雨を防ぐため、マントのような黒い外套を羽織っていた。しかしそれを着ているのは背中の荷物とラッチを濡らさないためらしく、フードをかぶったり、前をきっちりと閉めたりはしていない。ラッチはもう目を覚ましているようで、ときおり麻袋がむにむにと動いている。

クロナギは続けた。

「もし奴らと鉢合わせしても私がハル様を抱えて走りますから。奴らは追って来られませんよ」

「でも、相手は魔術師だよ？　瞬間移動とかしてきたら……」

「私は魔術に明るくはありませんが、瞬間移動をしたいのであれば、あらかじめ目標地点に魔術陣を描いておかなければならないのではないでしょうか。目印もなしに空間を移動する事はできないのでは？」

「そういうものなの？　魔術って結構面倒だね。呪文とかも覚えなくちゃいけないし」

と、そこでハルはふと自分に魔力がある事を思い出した。クロナギはどうなんだろう。

「ね、クロナギには魔力がある？」

「ありますよ。竜人は皆あります」

「え、そうなの？」

ハルは目を瞬かせた。人間の場合は魔力を持たない者の方が多いが、竜人は違うらしい。

「じゃあ竜人の中にも魔術師はいっぱいいるんだ？」

「いいえ。台所で火を熾したりするくらいの簡単な魔術を使う者はいますが、基本的に竜人は魔術を使いません」

「どうして？　せっかく魔力があるのにもったいないよ」

自分の事を棚に上げて言う。

クロナギはくすりと笑って説明した。

「攻撃する前にあらかじめ魔術陣を描いておいたり、いちいち杖を出して呪文を唱えたり、という魔術の面倒な性質は、短気な竜人の性格とは合わないのです。呪文を唱えているうちに殴った方が早い」

ハルは思わず彼の顔を凝視してしまった。落ち着いているように見えて、クロナギもやっぱり竜人なのだ。呪文を唱えるのが面倒だとか、ちょっと子どもっぽくて笑ってしまう。

「それに竜人はたいして多くの魔力を持っているわけではありませんから。魔術だけで人間の魔術師と戦おうとすると、負ける可能性の方が高い。基本的に魔術は竜人と相性が悪いのです。あれは多少頭がよくないと使いこなせませんから」

それ、竜人は馬鹿って言ってるも同然なんじゃ……とハルは思った。

だが確かに竜人と言えば、鍛え上げた自分の肉体を武器に戦うイメージがあるから、ちまちまと綿密に計算された魔術というのは苦手なのかもしれない。

しかし、さっきの魔賊の男たちが賢そうに見えるかと言われれば少し悩んでしまう。

勉強はできるのかもしれないが、集金などと言って街の人から金をたかっているあたり大馬鹿者だし、ありとあらゆる呪文を暗記して知識も豊富なのかもしれないが、ああいうふうにしか魔術を使えないなら頭は悪い。

「さらにもう一つ」とクロナギは話を続けた。

「我々が魔術を使わないのは、その手段では相手を攻撃している実感が湧きにくいからかもしれません。拳で相手を殴った時や、剣で斬り裂いた時に感じる感覚が、魔術にはないですから」

「うん、そうだね」

ハルはもう一度深くフードを被り直し、頷いた。

だからといって魔術が悪いわけではないけれど。そうするしかしょうがなくて攻撃魔術を使う人もいる。

ただ、あの魔賊の奴らは違う。必要がなくても、自分たちの優位性を示すために攻撃を仕掛けていた。全ては使う人次第だ。

ハルがやるせないため息をついた時、後ろでクロナギがピタリと立ち止まった。

「……何？　どうしたの？」

振り向いて、ハルが問う。クロナギは辺りを注意深く見回しながら、警戒するように耳を澄ませている。

「まさか奴らに見つかった？　魔賊の奴らに……」

青い顔をして言った。フードで顔を隠しながらも、肉食獣に狙われたウサギのようにきょろきょろと周囲を確認する。いつでも逃げられるように足に力を込めるのも忘れない。

「いえ、魔賊ではありません。しかしある意味、魔賊などよりよほど厄介な……」

ハルには分からなかったが、クロナギはいち早く敵の居場所を捉えた。その方向を向くと、少しの焦りを滲ませて、ハルを自分の後ろに隠す。

「何？　誰なの……？」

クロナギの警戒の仕方にハルは怯えた。魔賊よりも恐ろしい何かがいるとでも言うのだろうか？と、緊張に身を震わせるハルの耳にも、水溜りの中を歩いて近づいてくる二人の男の足音が聞こえてきた。

周囲の緊張を感じ取ったのか、麻袋の中でラッチがグルグルと唸っている。

ハルはクロナギの背からひょっこりと顔を出し、前方を見つめた。激しさを増す雨の中、短い黒髪の男と銀髪の男がゆっくりとこちらへ向かってくる。

（きっと竜人だ）

ハルは確信した。

二人ともクロナギが着ていたのと同じ黒い軍服姿で、背が高く筋肉質だ。

銀髪の男の方はすらりとした印象だが、しかしその雰囲気は野生の獣さながらで、本能的に距離を置きたくなる。

黒髪短髪の男は、銀髪の男やクロナギよりもがっしりとしていて逞しく、ハルなど彼の指一本で簡単に倒されてしまいそうだった。

銀髪の男の年齢はクロナギより少し下、逆に短髪黒髪の男の年齢はクロナギよりほんの少し上に思えた。

「ソルとオルガか……」

クロナギが呟いた。どうやら知り合いらしい。

黒髪短髪――オルガの方がニッと笑う。迫力のある外見に似合わず、親しみのあるやんちゃな笑みだ。

「よう、クロナギ。お前が子守りしてるって本当だったんだな。その後ろのチビッコだろ？　陛下と人間の女……ええっと、フレアって名前だったっけか？　二人の子どもは」

オルガがちらりとこちらへ視線を向けたので、ハルは熊と目が合ってしまったかのごとく怯え、再度フードを深く被った。私は空気、私は空気と、自分の存在を消す努力をする。

しかしオルガは目線を外さない。よく見えないハルの顔を覗き込むように首を傾けた。

「あんま陛下には似てねぇのか？　よく見えねぇけど。髪は、まんまフレアと一緒の色だな」

フードから出た薄茶色の髪を見て言う。

「それならやっぱ、総長の言う通りドラニアスには入らせない方がいいと思うぜ」

「という事は、お前たちは総長の命令でここへ来たんだな」

クロナギはそう言ったものの、別段驚いている様子はない。『総長』なる人物が何か仕掛けてくるとは予想していたようだ。

オルガも質問した。

「俺らの登場にあんま驚いてねぇよな、お前」

「ヤマトにつけられているのは知っていたからな。あいつから総長に報告がいったんだろう？」

（つけられてる？）

クロナギの言葉にハルは瞳を瞬かせた。全然気づかなかった。

ヤマトという人も竜人なのだろうか。今も近くにいる？　と、忙《せわ》しなく辺りを見回してみるが、それらしい人物は見つけられない。

（ひっそりとこっちの動向を伺ってるって事は、味方じゃないよね？　そのヤマトっていう人も総長って人も、オルガとソルも、混血の私が帝位継承者である事が気に入らない人たち？）

ハルはそう思って冷や汗をかいた。

クロナギはオルガたちを警戒しつつも、うろたえる事なく話を続けている。

「ヤマトは尾行の才能があるな。近くにいるのは分かっても、具体的にどこにいるのかが分からない」

「あいつ竜人ぽくないからな。ちょっと地味っつーか。人間に紛れやすいんだろ。あんまり存在感もないもんな」

オルガが笑う。ハルは顔も知らぬヤマトに少し親近感を持った。竜人なのに地味……。

「もう話はいいだろ……」

銀髪の男――ソルが初めて口を開いた。無表情な顔と同じく、抑揚のない声。ぼそっと喋るから雨音の中ではよく聞き取れない。

「早く戦《や》りたい」

そう言って、背中に×の形に交差させて背負っていた二本の剣に手をかける。

ハルは、前にいるクロナギの体に緊張が走ったのが分かった。

そこそこ道幅のあるこの通りでは、街の住人たちや荷物を積んだロバなどが行き交っており、中央で半端な距離を開けて向かい合っているクロナギたちの姿は注目を浴びていた。

竜人である事には気づかれていないようだが、住人たちは「おいおい、喧嘩でも始まるのか？」といった表情でこちらを見ている。

「お前たちの目的は？」

ハルを背に隠したまま、クロナギが言った。

「総長からは何と命令を受けた？」

「その子どもをドラニアスに入れるなとさ。国が混乱するから。つまり、俺たちはここでお前らを止めなきゃなんねぇ。つー訳で、覚悟しろよクロナギ。ボコボコにしてやる」

オルガはそう挑発して、楽しそうに笑った。

彼は右手に、上腕から指の先までを覆う、籠手《こて》を改造したような鋼をつけていた。ハルなら装着しただけで腕が引き千切れそうなものである。

籠手といえば、剣などの攻撃から手を守るためにつけるものだとハルは思っていたが、彼の場合は違うようだ。オルガの性格からしても、あれは絶対に防御のためのものではない。攻撃力を上げるためのものだ。

つまりあの鋼の塊をつけたまま、相手を殴るのである。

ハルの体から血の気が引いていく。わたわたと叫んだ。

「な、なんでクロナギをっ……？　私が邪魔なら私をボコボコにすれば……よくないけど、でも」

「お前みたいな弱い奴倒したって面白くもなんともないだろ」

オルガが当たり前のように言う。

「だからクロナギと戦るんだよ。クロナギがいなくなれば、どのみちお前、途中で野たれ死にしそうだしな。一人でドラニアスまで辿り着けそうにねぇし」

ハルは「うぐぐ」と奥歯を噛んだ。彼の言う事は一理ある。

実は屋敷を出てからこのトチェッカに着くまでに、森の側で蛇の魔獣に襲われたり、人攫いに狙われたりしたのだ。

どちらもクロナギが助けてくれたからよかったものの、ハルとラッチだけでは危なかったかもしれない。

「さて、んじゃ始めようぜ」

　ボキボキと拳を鳴らし始めたオルガを止めるべく、クロナギの背に隠れたまま、もう一度ハルは叫んだ。

「ま、待って！　私、別にドラニアスの皇帝になろうとか思ってない。ラッチを故郷に帰してあげたいだけで……」

「ラッチ？」

　片眉を上げたオルガに、クロナギが自分の背中を顎で指して説明する。

「人間の密猟者に攫われていた子竜だ。この袋の中にいる」

「ああ、そういう事か」

「とにかく私の目的はそれだけだし、ドラニアスやあなたたちに迷惑をかけるつもりはないよ」

　だから見逃して、と頼もうとしたハルの声を遮ってオルガが言う。

「お前の目的はどうでもいいんだよ。総長はお前の存在自体を警戒してんだから。いいか、よく聞けよ。陛下なき今、ドラニアスは一つにまとまっているとは言えねぇ状況だ。けど、上手くいけば、お前を中心にしてもう一度ドラニアスを元のように再建できる。が、下手をすれば、お前という存在のせいでドラニアスが真っ二つに分裂する危険性がある。総長は後者の可能性のがずっと高いと思ってんだよ。混血で、人間として育ったお前では、陛下のような求心力は期待できないからな」

　そのオルガの説明を聞いて、クロナギが低い声で言う。

「ハル様の事を知りもしないのに、たいした予想だ。総長はドラニアスを自分がまとめなければと必死で、ハル様の存在を受け止められるほどの余裕がないんだな」

「あ、言ったな。後で告げ口しといてやるからな」

「勝手にしろ。あの人に今、余裕がないのは事実だ」

「お前、ドラニアスに戻って来たら恐ろしい事になるぜ」

子どものように言い合っている二人を、ハルは不思議な気持ちで眺めた。仲がいいのか悪いのか。しびれを切らしたソルが再び言う。

「話はもういいだろ……」

オルガも頷く。

「そうだな。俺らは総長の命令でここまで来たが、実際その子どもの事はどうでもいいんだ。皇帝になろうがなるまいが、混血だろうがどうでもいい。クロナギと本気で戦れるチャンスなんてめったにないからな。俺らの本当の目的はそれだけ」

そう言って、獲物に飛びかかろうとする獣のように前傾姿勢をとった。ソルも剣を抜いて、戦闘態勢に入る。

二人の鋭い視線はクロナギに向けられていた。そこに怒りとか憎しみといった感情はなく、わくわくと楽しそうな色があるだけ。

オルガとソルはきっと強いのだろう。だから強いクロナギと戦う事が嬉しいのだ。そうハルは思った。自分にはない感覚だが、理解はできる。

クロナギは荷物をその場に下ろし、ラッチ入りの麻袋をハルに抱えさせると、

「ハル様、ラッチと共に少し離れていて下さい。彼らの目的は私と戦う事です。離れていれば、あなたに危険は及びません」

「私の事はいいよ。クロナギが心配なの。あんな強そうな二人を相手に戦うなんて……」

ハルがクロナギを見上げて言った。クロナギは雨で濡れた髪をかき上げながら優しく笑う。

「そんな風に心配してもらえるのは嬉しいですが、ここは私を信用して、離れていてくださいませんか？」

本降りになった雨が、外套に包まれたハルの体を激しく叩く。

ハルは不安げに表情を曇らせたが、自分が近くにいたところで、クロナギの戦闘の役に立つわけでもないと分かっていた。だからラッチを抱きしめ、後ろへ一歩足を踏み出しながらこう言った。

「やられちゃ駄目だよ、クロナギ」

クロナギは優雅な動作で静かに礼を返した。

「仰せのままに、我が君」

ハルは騎士然としたその姿に一瞬見とれたが、すぐに我に返ってクロナギから距離を置く。

ラッチは『おれも参加したい』と言っているかのように、麻袋の中できゅんきゅんと小さく鳴いていた。

「駄目だよ」

ハルはラッチをぎゅっと抱え込んだ。竜人もドラゴンも喧嘩好きというか、戦いを楽しむ傾向があ

るのだろうか。

「おい、喧嘩か？」

通りの端に身を寄せたハルに、通行人のおじさんがちょっとわくわくしながら声をかけてきた。こんなところにも喧嘩好きがいた。「いっちょ、加勢してやるか！」と腕まくりをするおじさんに、ハルは警告する。

「喧嘩というほど可愛いものじゃないと思うけど……少なくとも私たちにとっては。危ないから近づいちゃだめだよ」

と、その時。

おじさんへ顔を向けていたハルの視界の端に、地面を蹴って走り出すソルの姿が映った。慌てて視線をクロナギに戻す。

両者の間には十分な距離が空いていたはずなのに、ソルは一瞬でそれを縮めた。ハヤブサの滑降を思わせるような速さと迫力だ。

彼はその勢いを保ったまま、左手に握った剣でクロナギに斬りかかる。

「クロナギ……！」

思わずハルが叫ぶが、クロナギは冷静にソルの剣を受け止めていた。キィンという高い音が、遅れて雨音の中に消える。ハルがホッとしたのもつかの間。次、ソルは右手に持っていた剣でクロナギを攻撃した。彼は少し湾曲した剣を、両方の手に握っているのだ。

クロナギは受けていた片方の剣を弾き返して、もう片方の剣を受ける。しかしまた、ソルは自由になったもう一方の剣で攻撃を仕掛けてきて……。

ソルの手元の動きは速過ぎてよく見えない。矢継早に攻撃が降ってきて、クロナギはなんとかそれを凌いでいるという状況。剣と剣がぶつかり合う激しい音が周囲に響く。

ハルも隣にいたおじさんも周りの通行人たちも、目を見張って固まった。

「お、おいおい……何モンだ、あいつらは」

冷や汗を垂らしながらおじさんが言う。喧嘩に混じらなくてよかったと思っているんだろう。

空から振り落ちる無数の雨粒も、戦闘中のソルは気にならないらしい。服や髪が濡れる事もいとわずに、止まることなく斬撃の嵐を繰り出している。

クロナギは上手くそれを受け流しているように見えるが、ときおり擦った切っ先が、彼の服や頬に小さな傷をつけていた。

——と、受け身のクロナギに近づくのは、もう一人の厳つい竜人。

オルガはクロナギの背後に回り込むと、籠手《こて》と形容するにはごつすぎる鋼をつけた右の拳を振り上げた。

ただでさえパワーのありそうなオルガが腕に金属の塊をつけているのである。一体威力は何倍になるのか。あれで頭を殴られたら頭蓋骨が砕けそうだ。

ドスの利いたかけ声と共に、オルガはクロナギに殴りかかった。拳は雨を弾き、恐るべき重量感を持ってクロナギに突っ込んでいく。

「……っ！」

ハルは悲鳴をのみ込んで、胸に抱えている麻袋をぎゅっと抱きしめた。中でラッチが「ぐえ」と声を漏らす。

しかしクロナギはソルの剣を弾くと同時に地面を蹴り、間一髪、オルガの拳を避けた。よかったぁ、と息をつくハル。

一方、オルガの拳の先にはソルがいて、その攻撃は図らずも彼に向かってしまった。

チッと舌を鳴らしたソルは持っていた二本の剣を交差させ、こちらへ突っ込んでくる重い拳を受け止めた——と、その瞬間に派手に後ろへ吹っ飛ぶ。

雨に濡れた石畳を滑って滑って転がって、やっと止まったかと思うと、眉間に皺を寄せてゆらりと立ち上がる。

「もう少し考えて攻撃しろ、馬鹿力……」

恨めしげに言うソルに、オルガは意地悪く笑って言い返す。

「お前に『考えて攻撃しろ』とか言われたくねぇよ。本能だけで生きてるくせに」

「殺す」

「やってみろ」

あれ？

ハルは口をぽかんと開けて戸惑った。クロナギ抜きで戦闘が始まりそうな雰囲気だ。

「総長の人選は間違ってたな」

しかし、呆れたようなクロナギの一言で、二人の注意はまた彼に戻った。

「お前らじゃ俺に勝てない」

余裕の笑みを浮かべて、クロナギが相手を挑発する。

そしてこの分かりやすい挑発に、気持ちいいほど素直に乗るのがオルガとソルだった。

「んだと!?」

オルガが唸るように言い、ソルは殺意を滲ませて剣を握り直す。戦闘能力だけで言うと、二人は竜騎士の中でもかなり上なのだろう。

が、いかんせん単純だ。

二人は怒りのまま、一直線にクロナギへ向かっていった。

「だ、大丈夫かな、クロナギ」

ハルはそわそわと体を揺らす。オルガとソルの攻撃は激しさを増し、息つく暇もない。

防戦一方に見えるクロナギは、しかし冷静に相手の攻撃の隙をついて反撃をしているようである。

何もかもが速過ぎて、ハルにはよく見えないが。

「あいつら……竜人なのか?」

周囲の見物人の一人が、ふいにそう呟いた。彼の声は雨音と戦闘音にかき消える事なく、周りの人たちの耳に届いた。

「竜人？　竜人がどうしてこの街に？」

「知らねぇよ。でも、確かに奴らは竜人みたいだ。見てみろよ、あの動き。人間じゃない」

「最悪だ……。魔賊に、平和の森のドラゴンときて、今度は竜人かよ。この街は一体どうなっちまうんだ」

人々が恐怖に引きつった声で囁く。

（まずい、皆が竜人だってバレちゃった）

ハルは緊張気味に息をひそめた。

「でも噂通りの戦闘種族だわ。私たち人間を殺す事なんて、彼らにとっては簡単な事なんでしょうね。怖い……」

「ああ、奴らはきっとなんの躊躇《ちゅうちょ》もなく他人の命を奪うんだろう。性格は惨忍で冷酷だと聞いた事がある」

人間の中で、実際に竜人と会った事があるという人は少ない。ここにいる見物人たちも、今日生まれて初めて竜人の姿を見たのだろう。クロナギたちの事を知らない街の住人からすると、本気で戦う彼らの姿はとても恐ろしく見えるはずだ。ハルにはその気持ちがよく理解できた。

だけどクロナギは本当は優しいんだよ。そう周りの人たちに教えたくなる。理不尽に人間を傷つけたりしないから、怯えなくても大丈夫だと。

今だってクロナギは、ちゃんと周りを見て動いている。ハルや見物人たちを巻き込まないように、オルガとソルを上手く誘導して。

人間はあまり竜人の事を知らない。

知らないから怖いのだ。

クロナギ、オルガ、ソルの戦闘は続き、周囲の人間たちは不安そうにそれを眺めている。

二対一ではクロナギも簡単には勝てないのだろう。ソルの剣を弾き、オルガの拳を避けながらチャンスをうかがっているが、なかなか決め手となる攻撃を打てずにいた。

と、戦闘の狭間に、ふとクロナギが二人から注意を逸した。目を見開いて通りの奥を凝視した後で、表情を険しくする。

「あーあ、気づかれたか」

オルガも攻撃の手を止め、ニヤッと笑って言う。

クロナギは奥歯を噛んだ。

「ここへ来たのはお前たちだけじゃなかったのか」

「総長から命令を受けたのは俺ら二人だけだけどな。アナリアが自分も行くっつって、ついて来たんだよ」

アナリア？　また新しい竜人だろうか？　ハルは袋に入ったラッチを抱えたまま、クロナギたちの視線の先を見た。

高いヒールのついたブーツがカツカツと音を立てて、雨に濡れた石畳を踏みしめる。

オルガやソルと同じ黒い軍服はアナリアなる人物の体型にぴったりと合っており、彼女の艶《なま》かしい体の線を浮き彫りにしていた。ほどよい筋肉のついた脚は美しく、きゅっとくびれた腰が豊満な胸を引き立たせている。

ハルはこの羨ましすぎる体を持つ人物の顔を見るべく、深く被っていたフードを上げようとした。

が、そこではたと気づく。

アナリアという名の彼女の足は、こちらへ真っ直ぐに向かって来ていないか？　と。通りの中央にいるクロナギたちの方ではなく、端の方で見物人に紛れている自分の方へと。

ハルはフードを上げようとした手を止めたまま、小さく息をのんだ。野性の本能というものが自分に備わっているのなら、今それは間違いなく警鐘《けいしょう》を鳴らしている。

ぞくりと背筋が泡立つ。

アナリアの顔を見なくても、彼女がこちらを鋭く睨んでいるであろう事は想像がついた。

ハルはアナリアという人物を知らない。名を聞いた事も会った事もない。

だが、どうやら自分は彼女にひどく嫌われているらしい。彼女から発せられる空気でそれが分かるほどに。

クロナギもそれを感じ取ったのだろうか。ハルに向かって歩いていくアナリアに攻撃を仕掛けた。

しかし、それをオルガとソルが放っておくわけがない。

「待てよ、お前の相手は俺らだろうが」

駆け出したクロナギの外套をオルガが後ろから掴み、引っ張った。しかし単に引っ張ったと言っても、相手がオルガではただでは済まない。

クロナギは後ろへ吹き飛ばされて、通りの南側にあった家に激突した。大きな音を立てて茶色いレンガの壁が崩れる。周囲の見物人たちから悲鳴が上がった。

「クロナギッ！」

ハルも鋭く叫ぶ。

オルガは爽快な笑みを浮かべていて、ソルはクロナギにとどめを刺すべく、穴の開いた家に突っ込んでいく。そんな中でアナリアだけが周囲の騒動に気を散らす事なく一定のテンポでヒールを鳴らし、ハルに近づいて来ていた。しかしハルはクロナギの安否を確認しようと必死で、逃げるどころではない。

ソルがクロナギの元へ突っ込んでいってすぐ、キン、という金属音と共に、壁に開いた穴から曲剣が一本飛び出てきた。ソルの剣をクロナギが払ったのだ。

クロナギは崩れたレンガを下敷きにして倒れているが、大きな怪我はなく、意識もはっきりとあるらしい。残る一本の剣を使って放たれるソルの攻撃を弾きながら、大声で叫ぶ。

「ラッチ！」

ハルの腕の中で麻袋に入っていたラッチがピクリと反応する。

「ハル様を連れて森へ逃げろ！　急げ！」

え、何？　森へ？　と狼狽するハル。

しかしラッチはクロナギの指示を受けると、迷う事なく麻袋から飛び出した。

「うわぁッ！　ドラゴンだ！」

「こ、子どものドラゴンか？」

橙色の子竜を見て、周りの人たちが驚きの声を上げる。場はいっそう混乱した。

ハルは思わず、もう一度ラッチを袋に隠そうとした。ここに密猟者なんていないだろうが、あまり人目に晒したくはない。

が、ラッチは何やら興奮した様子で——『やっとおれの出番！』と意気込んでいるみたいだ——パタパタと羽を動かして慣らした後、ハルの背負っていた荷物を後ろ足で掴み、持ち上げた。

「えぇー!?」

ハルは自分の足が地面から浮いた事に驚愕した。まさか人ひとりを持ち上げられるほどの力が子竜のラッチにあるなんて。

しかし純粋に驚いている暇もなく、ハルの体は地面からどんどん離れていく。

「いやぁーッ！」

ハルは叫んで、ちょっと泣いた。でも怖いので体は動かさない。何故ならラッチとハルは、すでに周囲の家の屋根と変わらぬ高さを飛んでいるからだ。ラッチがハルの荷物を離せば、ハルは大怪我をする事になるかもしれない。

小さいけれど、ラッチも立派にドラゴンだったらしい。予想以上のパワーでハルを持ち上げたまま、思いも寄らぬスピードで雨の中を飛ぶ。

被っていたフードが取れそうになって、ハルは慌てて片手で押さえた。雨粒が当たって目が開けられなくなる。

「クロナギは……っ」

快適とは言いがたい飛行を続けながら、ハルは後ろを振り返った。しかしクロナギの姿はもう確認できない。離れて小さく見える見物人たちが、唖然《あぜん》とした表情でこちらを見上げているのは分かったが。

ハルはクロナギの事が気にかかったが、どうやら彼の心配ばかりはしていられないらしい。

「あの人！　アナリア……！」

ハルたちの背後、少し離れた民家の屋根に彼女は立っていた。いつの間に登ったのだろう。

遠目にも、雨に濡れて輝く彼女の髪の美しさに目を惹かれた。艶やかで色っぽい、濃い金色の髪。

アナリアはハルたちを追って、屋根の上を身軽に移動してくる。

「どうしよう、こ、こっち来た！　ラッチ、頑張って！」

運ばれているだけのハルは応援する事しかできない。ラッチは「ぎゃう」と鳴いて速度を上げた。

「おい、何だあれ！」

「女の子が空を飛んでるぞ」

「いや、何かに捕まって……ドラゴンだ！」

空は厚い雲に覆われているとはいえ、今は昼。さして高くない位置を飛んでいるハルたちの姿は、

街の住人たちからもよく見える。ハルたちが通り過ぎた後で、下は大騒ぎになっていた。

「目撃情報のあったドラゴンよりも小さくないか？」

「奴らの子どもなのかもしれない。森には二体いるって話だろ？　番《つがい》なのかもしれん」

「ドラゴンの子どもめ！　あの子を攫ってどうするつもりだ？」

「まさか食べるつもりじゃ……」

どうやらハルは子竜に攫われた人間の女の子だと勘違いされたらしい。「その子を離せ」と、下か

らラッチに向かって石が飛んでくる。

「わ、わ！　ちょ、ちょっと待っ……痛い！　待って、全部私に当たって……痛いっ！」

助けてくれようとしてくれるのは有り難いが、完全に意味のない攻撃になっている。しかしハルが体を張って石を防いだおかげで、ラッチは傷つく事なく飛行に専念した。

昨日今日と通り抜けてきた街を逆走していくと、やがて東の端に『平和の森』が見えてきた。鬱蒼《うっそう》と茂った緑の葉が、雨に濡れて青々と輝いている。

クロナギが森へ逃げろと言ったのは、そちらの方がアナリアをまきやすいと思っての事だろうか？広い森の中では、下手したら自分たちが遭難してしまいそうだとハルは心配した。

しかし遭難する間もなく、街を抜けて森へ入ると同時に高度を下げたラッチが木の枝に派手にぶつかる。

そのはずみでハルは荷物を離されてしまい、雨で湿った柔らかな土の上へ投げ出された。

「うぷっ……！」

地面が街の中のような硬い石畳でなくてよかったと思いながら起き上がり、雨用の外套にへばりついた落ち葉を払う。

「って、こんなことしてる場合じゃ……」

ハッと気がついて後ろを向くと、アナリアは森の入り口近くまで迫ってきていた。

「ラッチ、こっちだよ！」

ハルは重くて邪魔な荷物を置き捨てると、ラッチを伴って森の奥へと駆けた。

フードが邪魔で前が見えにくい。だけどフードを外せば、今度は雨がまつげを濡らす。

落ち葉を踏みしめ、密集して茂る雑草をかき分け、小石につまずきながら走る。ハルは荒く息を吐きながら、がむしゃらに足を動かした。ラッチもすぐ隣を飛んでいる。背後に迫ってきているはずのアナリアの足音がほとんど聞こえないのが恐ろしい。だけど彼女は確かに後ろにいる。振り向いて確認する暇さえないほど、すぐ後ろに。

「あっ！」

最悪にも、最低なタイミングで、ハルは地面に顔を出していた木の根に足を引っかけた。前のめりに体が傾き「転ぶ」と思った瞬間に、強い力が背中にかかる。

アナリアの手が後ろからハルを捉え、そのまま地面に押し倒そうとしているのだ。

結果、ハルは転ぶよりもさらに強く、地面に体を打ちつけた。

「……うぐッ」

前から倒れたので顔面も思い切りぶつけてしまった。痛みにうめきながら、鼻がこれ以上低くならないといいけど、などと余計な心配をする。

背中にははっきりとした重みを感じた。アナリアが乗って、押さえつけているせいだ。左肩と後頭部に手を、さらに背中に膝を置かれているので起き上がれない。

「この髪……っ」

アナリアがハルの髪を見て憎々しげに呟いた。女性にしては少し低めの魅惑的な声だが、残念ながらその声音には嫌悪感がたっぷりと詰まっている。

ハルは後頭部を押さえつけられたまま顔をよじり、地面とのキスを強要されていた唇を解放した。なんとか呼吸はできるようになったものの、自身の背中に乗っているアナリアの顔を確認する事はできない。

が、彼女の視線が自分の薄茶色の髪に注がれているのは分かった。ちくちくとした痛みすら感じるほど強く。

「ガルルッ……！」

と、その時。ラッチがハルを助けようと、猛獣——の赤ん坊みたいな唸り声を上げてアナリアに牙を剥いた。

しかし彼女も戦闘民族と称される竜人だ。ハルを押さえつけたまま子竜の攻撃を軽くかわすと、逆にラッチの尾を片手で捕まえ、放り投げた。

ハルには何も見えなかったが、ラッチの体が木にぶつかった鈍い音だけは聞こえてきた。

「ラッチ！」

息をのんで叫ぶが、何の返事もない。気を失ってしまった？　ケガをしたの？

「ラッチ！」

力の限りに暴れようとしているのに、アナリアに押さえつけられた体は言う事を聞かない。

「離してよっ！」

「この髪の色……」

抵抗するハルをものともせずに、アナリアはもう一度呟いた。

「さすがは娘だわ。あの女と全く同じ色。まるで生き写しね。きっと顔もそっくりなんでしょ。見たくもないけど」

彼女の声は、氷の刺のように美しく冷徹だった。

ハルがぴたりと動きを止める。

「母を知ってるの？」

「知ってるも何も、大嫌いよ」

「大嫌い？」

優しい母の事を大嫌いなんて言う人、初めて見た。信じられない。本当に？

マザコンのハルは、アナリアを理解できない未知の生物のように思った。

「ど、どうして嫌いなの？　母があなたに何かした？」

母が他人を傷つけるような事をするはずがない。そう信じているが、一応確認してみた。アナリアは相変わらず強い力でハルを押さえつけながら言う。

「私は何もされてないわ。あえて言うなら『エドモンド様を奪われた』って言うところだけど、私の事はどうでもいいの。あの女はエドモンド様に酷い事をした。私の敬愛するエドモンド様に！　それが許せない」

「母が……父に？」

「エドモンド様の事を父だなんて言わないで！　どうせちっとも似ていないくせに。だいたい本当にエドモンド様の子どもか疑問だわ。淫売なあの女の事だもの。男をたらし込むなんてわけなかったはず」

酷い言葉をぶつけられて、ハルの頭は一瞬真っ白になった。けれど次の瞬間、今度は胸の奥が真っ赤に燃え上がる。

これはきっと怒りだ。こんなふうに強烈な怒りを感じたのは初めてで、その激しい感情をやり過ごすためにハルはグッと歯を食いしばった。

母を侮辱された。大切な母を。

視界の端に見える金髪を引っ張り、アナリアを引きずり倒して罵倒したい。あなたが母さまの事をどれだけ知ってるっていうの!?　と。

しかしそれを実行して、いい結果が得られるとは思えない。そう考えるだけの理性はかろうじて残っていた。

それに、ここで相手を罵ったら負けな気がする。それでは母を罵ったアナリアと一緒だし、彼女に「やっぱりあの女の娘ね。口汚いわ」なんて笑われたら、悔しすぎて噛み締めた奥歯を砕いてしまいそう。

アナリアはきっと何か誤解をしているのだ。ならばその誤解を解きたいし、母の名誉を取り戻したい。

「あなたは何か誤解しているのかも。だって、あなたの知る母と私の知る母では、人物像に違いがありすぎるんだもの。どうして母の事をそんなふうに言うのか、理由を教えて」

意外にも落ち着いたハルの声に、アナリアは一瞬戸惑いを覚えた。相手に敵意を持たせないような言い回しに、柔らかくもはっきりとした声。

少しだけ、エドモンドに似ていた。

アナリアは首を振る。いいえ、ただの勘違いよと。

「あの女は、人を疑う事を知らない純粋なエドモンド様をたぶらかして、指輪を奪ったのよ。皇帝一族に代々伝わる大切な指輪を！」

「指輪……」

それはまさしく、ハルが持っている指輪の事だった。母の形見の指輪。屋敷を出る時に新しい鎖をつけて、今もハルの首にかかっている。確かクロナギも、フレアは指輪を持ったままドラニアスを去ったとは言っていたが。

「おまえの母親はエドモンド様から指輪を受け取ったにも関わらず、その直後にエドモンド様に一方的に別れを告げたのよ。私の大切な主を酷く傷つけた。おまけに、本来エドモンド様に返すべき指輪も持ち逃げして……」

当時の怒りが蘇ったのだろうか。ハルの後頭部を押さえるアナリアの手に、さらに力が込められた。

「あの女は指輪の価値に気づいたのよ。売れば、一生楽に暮らせる価値のある指輪だって。人間の女なんてそんなものよ。薄情で、欲深くて――」

「ちょっと待って」

ハルはたまらず話を止めた。

「やっぱりあなたは勘違いしてる。母が指輪を返さなかったのは――」

「勘違いなんかじゃないわ！」

今度はアナリアが遮った。ハルには見えなかったが、きっと今彼女は目を吊り上げて、怒りで顔を赤く染めているはず。彼女はある意味素直だ。自分の感情をそのまま相手にぶつける。

「あの女が指輪を持ってドラニアスを去った後、エドモンド様がどれほど落ち込んでおられたか分かる？　私たちの前では何でもないような顔をしておられたけれど、ふとした瞬間に哀しげな瞳で遠くを見つめられて……。エドモンド様のその表情を思い出すだけで、胸が引き裂かれるわ。あの女の裏切りがよほどショックだったのか、その後二度と恋をされる事もなかった」

絞り出すようにして言うアナリアに、しかしハルは少し好感を持ち始めていた。母の事を悪く言うのはいただけないが、それは彼女がエドモンドの事を一途に想っているからこそなのかもしれない。

アナリアが最初に「私の事はどうでもいいの」と言った事からも、それほど悪い人物ではないように思えた。彼女の勘違いさえ解ければ、きっと分かり合える。

そんな事を考えているハルとは反対に、

「ヤマトからの情報によると、あの女はもうすでに死んでいるようね。エドモンド様のお心を傷つけた罰を、この手で与えてやれなくて残念だわ」

アナリアは憎しみを込めてこう言った。

「だけどおまえがこのままドラニアスに向かおうとするなら、今ここで殺すわ。あの女の血を引く子どもなんてドラニアスには入れたくない。絶対に」

自分に向けられる殺気にハルは身を震わせた。アナリアの本気を感じ取って全身が緊張している。

けれど、このまま押し潰されてはいけないような気がした。

「ドラニアスへは行くよ」

声は少し震えていたけれど、ハルは笑っていた。

「ラッチを帰さなきゃいけないし、今になってちょっと、父が育った国を見てみたいなっていう気持ちも湧いてきたから」

「おまえはあの女の子どもだけあって、馬鹿なのね。そんなに死にたいなら喜んで殺してあげる」

アナリアが冷たい声で宣告した。ハルは慌てる事なく言う。

「なら、最後にちょっと時間をちょうだい。私の話を聞いて」

「何を言われても、私はほだされないわよ」

勢いを弱めた雨が、しとしとと体を濡らす。

ハルは地面に押さえつけられたまま動かず、抵抗する事をやめた。蟻が急いで巣穴に戻っていく様子を眺めながら、ゆっくりと話し出す。

「今あなたから聞いたような話、実はこの前クロナギからも聞いたんだけど、クロナギはあなたとは全く違う見方をしてたよ」

ハルはこのトチェッカに着いた日の夜、宿の部屋でクロナギと交わした会話を思い出していた。フレアが突然エドモンドに別れを告げ、指輪を持ってドラニアスから去った事について、「何があったんだろう」と疑問に思うハルに、クロナギはこう言った。

「分かりません。けれど推測する事はできます。私はその頃まだ未熟な竜騎士でしたが、フレア様の護衛を任されていました。近くでお二人の事を見守っていましたが、やはり種族の違いに悩まれていたのではないでしょうか。つまり――」

クロナギはそこで一旦言葉を切った。

「寿命の違いに」

ハルはベッドに身を預けたまま、暗闇に浮かぶクロナギの顔を見つめた。

「寿命の違い？　人間と竜人では寿命が違うの？」

「そうです。人間の寿命が八十年とすれば、竜人の寿命はその倍、約百六十年。エドモンド様とフレア様では、エドモンド様の方が年上でしたが、それでも人間であるフレア様の方がずっと早くに老いて死ぬのは避けられない事。一緒に年を取っていくというのは、到底無理な話なのです」

クロナギの話によれば、竜人は十八歳で成人を迎えるまで、人間と変わらぬ早さで成長を続けるらしい。

しかし、大体そのあたりの年齢で体が完成する人間に対し、竜人は二十五歳まで成長を続ける。その後百歳くらいまでが体力的、身体的にピークの時期で、百歳を超えてくると体力が落ち始め、人間と同じように衰えが出てくる。

ふと気になって、ハルが聞いた。

「クロナギは今、何歳？」

「私は三十二です」

「そっか、でも外見は二十五くらいに見えるね」

こんな若々しい三十代、人間にはいないだろう。体力的にだけでなく、竜人は外見が老けるのも遅いのだ。クロナギは話を続けた。

「フレア様はエドモンド様からの求婚を受けてからというもの、寿命の事をより一層気にされるようになりました。夫婦になるという実感が湧き、二人の未来を現実的に想像されるようになったからでしょう。フレア様は、エドモンド様を残して死ぬ事が嫌だったのです。自分の死後、エドモンド様を約八十年近く独りにさせてしまう事が」

ハルは体にかけていた毛布をぎゅっと握った。優しい母は、きっとすごく悩んだ事だろう。

「そしてついに、フレア様はエドモンド様との別れを決意されました。人間の自分ではなく、一生を添い遂げられる竜人の女性を選んだ方が、エドモンド様は幸せになれると思われたのでしょう。まだ婚儀を上げていない今なら間に合う、エドモンド様は新しい伴侶を見つける事ができる、と」

クロナギは静かに目を伏せた。

「そしてエドモンド様も、フレア様と同じく寿命の事を気にされていました。フレア様の方がずっと早く老いる事になるわけですが、それは女性にとってあまりにも辛い事なのではないかと」

ハルは想像してみた。夫はいつまでも若いままなのに、自分だけが着実に老いていく光景を。髪は白くなり、皮膚はたるんで皺々になる。手を繋いで歩いていても、誰も夫婦だとは思わない。孫に介護されるおばあちゃんだと思われるかも。そう考えると、なんだか惨めな気分になった。

「エドモンド様も、自分はフレア様にふさわしくないと思っておられたようです。同じ時を生きられる人間の男と結婚した方が、フレア様は幸せになれるのではないかと。ですからフレア様に別れを切り出された時、エドモンド様は黙ってそれを受け入れられました。お互い、寿命がどうとか言い出す事もなく。もちろん内心、胸がえぐられるような悲しみを味わっておられたのでしょうが、お二人はお互いの事を想うが故に別れを決められたのです。傍目には、随分とあっさりした別れに映ったかもしれません」

ハルは母や父の心境を想いながら、黙って話を聞いていた。

「そしてフレア様が指輪を返さずにドラニアスを去られたのは、エドモンド様の事を忘れたくなかったからではないでしょうか？　ハル様もご存知の通り、指輪にはエドモンド様の瞳と全く同じ色の『皇帝の石』が使われていますから。それにフレア様は、指輪がドラニアスの皇帝に代々受け継がれる大切なものだとは知らなかったようですし」

クロナギは続けた。

「一方でエドモンド様は、もちろん指輪が大切なものであるとちゃんと分かっておられました。しかしそれでも、フレア様に返せとはおっしゃらなかった。エドモンド様もまた、彼女に自分を忘れてほしくなかったのでしょう。たとえ他の男と結婚したとしても、エドモンド様の瞳と同じ色の宝石を見て、時々は自分の事を思い出してくれたらと思っておられたようです」

そうして母はドラニアスを去り、父もそれを止める事なく見送ったのかとハルは思った。

きっとその時、母はまだ自分が妊娠している事に気づいていなかったのではないだろうか。人間の国へ帰ってから、愛する人との子どもができていたと分かってどんな気持ちだっただろう。少なくとも、ハルを生んだ事を後悔はしていないようだったが。

自分の愛した人に似たハルの事を、目一杯可愛がってくれた。

母の心境に想いを巡らせているうちに、その時のハルは深い眠りの中へと落ちていった。


「――信じられないわ」

ハルの話を聞いて、アナリアが言う。

「それはクロナギの推測でしょ。あいつもあの女にほだされていたから、見方が偏ってるのよ」

負けじとハルも言い返す。

「だけどあなたの言い分も、結局はあなたの推測でしかない。そしてあなたの見方も、だいぶ偏っているように思えるけどな」

「黙りなさい」

むきになったアナリアが、ぐっと手に力を込める。ハルの顔が濡れた土に強く押しつけられた。

キッと眉を上げて、ハルが言う。

「図星だから怒るの？　言っておくけど、別れた後で悲しみに沈んでたのは父だけじゃないんだよ。母だってすごく悲しんでた。これは推測なんかじゃない。私には見せないようにしてたけど、夜、母が一人で泣いてたのを知ってる。切ない表情で指輪をじっと眺めてたのも、寝言で『会いたい』と呟きながら涙をこぼしてたのも見たし、生涯恋人をつくる事も再婚する事もなかった。ドラニアスにいたあなたが知らなかっただけで、母も苦しんでたんだよ」

ハルの強気な口調に、アナリアはまた戸惑った。

この子どもの性格がいまいち掴めない。馬鹿なのか聡《さと》いのか、純粋なのかずる賢いのか、気弱なのか気丈なのか。

また少しだけ、エドモンドを思い出した。

太陽のように楽天的で何も考えていないのかと思えば、実はしっかりと事態を解決するための算段をつけていたり、優しさ故《ゆえ》に気弱で恐がりなのかと思えば、身を挺して臣下を守るような無茶もする。

次の行動が読めない、でもだからこそ魅力的な人だった。

アナリアが尊敬し、心から愛した人だった。

「嘘よ、そんなの……」

震える声でアナリアが言った。

「嘘じゃない」

はっきりとハルが断言する。アナリアはカッと目を見開いた。

「嘘よ！　だったらあの指輪はどこにあるっていうの！　どうせ、もう売ってお金にしてしまったくせに！」

言うと同時にハルが被っていたフードを剥ぎ取り、腰にぶらさげていた短剣を抜いた。膝をハルの背に乗せ、片手で後頭部を押さえつける。濡れた薄茶色の髪の隙間から、白いうなじが顔を出す。

アナリアはハルの首に向かって、怒りのままに短剣を振り下ろそうとした。

しかし、その瞬間――

静かに森の木々が揺れ、大地が震動する。

迫力のある低い唸り声と共に、大きなドラゴンが二体、森の奥から姿を現した。

「ドラゴン……？　岩竜が何故こんなところに」

短剣を握った手を一旦止めて、アナリアが言う。

「え、ドラゴン？　ドラゴンがいるの？」

地面にうつ伏せに押さえつけられているハルには、正面にいるらしいドラゴンたちが見えなかった。

街で屋台のおばさんが言っていた話を思い出す。平和の森には、魔獣よりも恐ろしいドラゴンが出ると。

「あ、危ないよ！　早く逃げよう、食べられちゃう！」

「うるさいわね、少し黙っていて」

アナリアは眉根を寄せて、慌てているハルを見下ろした。また雰囲気が変わった、と感じる。

（さっきまで私相手に言い合っていたくせに、今はただの情けない小娘）

眉間に皺を寄せたまま続ける。

「第一、ドラゴンが人間を食べる事はほとんどないわ。そんな事も知らないのね。こいつらの獲物のほとんどは魔獣よ。魔獣を補食して数を減らしてくれているっていうのに、人間たちはそんな事何も知らずにドラゴンを嫌うんだわ」

「え……じゃあドラゴンは人間を襲わないの？」

ハルが目を丸くして訊いた。アナリアはすげなく返す。

「襲わないとは言ってない。ほとんど食べないって言っただけで」

「じゃあ、襲うし、食べるんじゃん！」

ぎゃああ、と悲鳴を上げるハル。

「一緒に逃げよう、アナリア！　早く！」

「どうして私がおまえと一緒に逃げるのよ」

なんだかこの娘のペースに巻き込まれている。アナリアの眉間の皺がさらに深くなった。だいたい自分を殺そうとしている相手と一緒に逃げようだなんて、どうかしている。やっぱりただの馬鹿かもしれない。

二体いるドラゴンは、どちらも低い唸り声を上げながらハルたちの元へ近づいてきた。一体は緑色、もう一体は黄土色のごつごつした硬い皮膚を持っている。

その内の片方がアナリアに狙いを定めたらしい。ギラリと光る牙を剥き出しにし、彼女に飛びかかったのだ。

「……っ！」

「いやぁぁぁ！　何何何ッ!?」

アナリアが後ろへ飛び退り、ドラゴンもそれを追う。自分の体のすぐ上をドラゴンの巨体が通り過ぎ、ハルは恐怖と混乱の悲鳴を上げた。すごい風圧を感じたし、ドラゴンのしっぽらしきものがちょっと背中を擦った気がする。

アナリアがどいた事で体は自由になったが、今まで地面に強く押さえつけられていたせいで、色々な箇所がピキピキと痛む。特に背中と肩と首。

「いたたた……」

ハルが関節痛に苦しむおばあちゃんのごとくゆっくりとした動きで起き上がろうとしている間にも、アナリアはドラゴンと交戦していた。

こちらから攻撃を仕掛けたり、勝手に巣に近づいたりしない限り、野生のドラゴンでも竜人にはほとんど牙を剥かないはずだ。しかしこのドラゴンは、あきらかな敵意を持ってアナリアに攻撃してきている。

(近くに巣でもあるの？　今は繁殖期ではないはずだけど)

アナリアは噛みつこうとしてくるドラゴンの大きな牙を避けながら考えた。

(もしかしたら……いいえ、まさか……。だけどあの娘が本当にエドモンド様の血を継いでいるのなら、可能性は……)

アナリアの胸の内に、複雑な感情が広がった。『腹が立つ』というのが九割。『嬉しい』というのが一割。

なんとか上半身を起こしたものの、地べたに座り込んだままうつむいて「いたたた、早く逃げないといけないのに」と背中をさすっているハルに、アナリアは言った。

「私の手でおまえを殺すのは止めにするわ。その代わり、全てをこの野生のドラゴンたちの本能に任せる。ここで彼らに殺されたのなら、やはりおまえはそれまでの存在なのよ」

「何？　どういう意味……」

しかしハルが顔を上げて振り向いた時には、アナリアはもうその場から消えていた。彼女が去ったと思われる方向へ、ドラゴンが一体飛んでいく。吠え声を上げ、進行方向にある邪魔な木の枝をその巨体でバキバキと破壊しながら。

「大丈夫かな、アナリア」

竜人の戦闘能力があれば、大きなドラゴン相手でも負けないだろうけど。

「なんて、人の事心配してる場合じゃない！」

ドラゴンはもう一体残っている。黄土色の皮膚のそのドラゴンは、大きな瞳で、食い入るようにハルを見つめていた。

人ひとり乗れるくらいの大きさらしい飛竜と比べると、岩竜は山のように大きい。がっしりとした体つきに太いしっぽ、岩のような硬い皮膚。間近で見るとすごい迫力だった。

「人間をほとんど食べないって、ほ、ほんとかなぁ……」

ハルは震える足に力を込めてなんとか立ち上がり、冷や汗を垂らしながらじりじりと後ずさった。

薄く開いたドラゴンの口から、太い牙と真っ赤な舌が覗いている。

ドラゴンが大きな足で大地を踏みしめ、こちらへ一歩近づいてきた瞬間、ハルはくるりと方向転換して駆け出した。

はっはっと短く息を吐きながら、アナリアに追われていた時より必死に走る。雨が顔に当たろうが、ぬかるんだ地面の土が跳ねてブーツにかかろうが、どうでもいい。ドラゴンに食い千切られて死ぬなんて、そんな悲惨な死に方したくない！

ドラゴンは翼を広げてハルを追ってきた。飛びながら走る、といった感じで、時折足で地面を蹴っている。そのたび森が揺れている気がして、ハルは悲鳴を上げながら半泣きで逃げた。真っ直ぐ逃げていてはすぐに捕まると、なるべく木が密集して生えている方向を選び、その隙間を縫うようにしてジグザグに走る。

と、その効果はすぐに現れた。ハルを追ってきたドラゴンは、無理矢理通ろうとした木と木の間に挟まれて、身動きが取れなくなったのだ。

「はぁ、はぁ……」

ハルはその場にへたり込んだ。足がつりそうだ。これ以上、全力疾走はできない。

しかしドラゴンが身をよじるたび、木はミシミシと嫌な音を立てている。

(やめて、出てこないで。もう走れない)

だがハルの願いも虚しく、ドラゴンは一度鋭く吠えて暴れると、自分の体を挟む木を破壊した。折れた二本の木は、大きな音を立てて地面に倒れる。

「うう……」

ハルはお尻を地面につけたまま、ずりずりと後退した。腰が抜けたように、下半身に力が入らない。

ドラゴンがゆっくりとハルに近寄ってくる。

(もう駄目だ)

そう思った時だった。

「ぎゃう!」

岩竜のものにしては高く、迫力に欠ける鳴き声がハルの耳に響いた。しかし聞こえてきたのは確かに岩竜の方向からだ。混乱しつつも注意深く岩竜を見つめていると、

「ラッチ！」

岩竜の頭から、ひょっこりとラッチが顔を出したではないか。

「ラッチ！　危ないから早く降りて……あ！　っていうか置いてきちゃってごめん！　怪我はない？　アナリアに投げられてたみたいだけど大丈夫なの？」

ラッチは「きゅん」と鳴くと、こちらに向かって呑気にパタパタと飛んできた。岩竜がパクッと食べてしまうんじゃないかと心配になる。大人と子ども、岩竜と飛竜という差もあって、二頭の体格はかなり違うからだ。

しかし岩竜は目の前を飛んでいくラッチを襲う事なく、のんびりと目で追うだけ。同じドラゴンだからか、それともラッチが子どもだからだろうか？

ハルは戸惑いながら、飛んできたラッチを受け止めた。ラッチは「きゅんきゅん」と鳴いて、なにやらハルに説明しようとしている。

「……逃げる必要ないって言いたいの？」

ハルにはラッチの言葉がなんとなく読み取れる。初めて会った時からそうだったから、ハルに竜人の血が流れていることに何か関係があるのかもしれない。

「もしかして、ラッチがこのドラゴンたちを連れて来た？」

半信半疑でそう言うと、ラッチはにっこり頷く。ドラゴンの笑顔はちょっと怖い。鋭い牙が剥き出

しになるからだ。

「でも、どうして……」

ラッチを見つめて考え込むハルの頭上に、暗い影が落ちた。ハッと見上げると、岩竜がすぐ目の前まで迫っている。

思わず体を反らすが、自分と違って全く緊張している様子のないラッチを見て、ハルも少し警戒を解いた。岩竜はハルに鼻を近づけ、フンフンと匂いを嗅いでいる。

と、そこへアナリアを追って行った緑色のドラゴンも戻ってきた。アナリアは遠くへ逃げたのか、姿は見えない。

緑色のドラゴンも、ハルの首元に大きな鼻をくっつけ匂いを嗅ぎ出した。ハルはこわばった表情で、ひたすら固まるしかない。やっぱり美味しそうな匂いがする、と噛みつかれるのでは？　そうハルは怯えたが、匂いを嗅ぎ終わったドラゴンたちは特に何か行動を起こす事もなく、ハルの側でどっしりと座り込み、くつろぎ始めたのだ。

黄土色のドラゴンなどリラックスした様子で地面に伏せて、しっぽの先をご機嫌に揺らしている。体が大きくても、こうしているとラッチと変わらない。

ハルは恐る恐る手を伸ばし、雨に濡れたそのドラゴンの鼻先を撫でた。ドラゴンは少しくすぐったそうにしながらも、怒るどころか、「ぐるぐる」と低く喉を鳴らしている。

ちょっとびっくりしているハルに、ラッチと緑色のドラゴンも『おれも』というように鼻を突き出す。

（もしかして私ってば、ドラゴンに懐かれるという才能でもあるんじゃ……？）

ハルは半分冗談でそんな事を思ったが、森の中でドラゴン三頭に取り囲まれているこの状況を見るに、冗談では済まないかもしれない。果たしてこれは喜ぶべき事なのか……。

そう言えば初めてラッチと会った時も、ラッチはすぐにハルにすり寄ってきた。森の中に一匹でいた寂しさや親から離された不安から、そのようにすぐに懐いたのだと思っていたが、もしかしたら違うのかもしれない。

誰かに説明してほしい。そう思いながら、ハルはどんどん寄ってくるドラゴンの鼻先を黙々と撫でたのだった。

「つ、ついて来ちゃ駄目だって……！」

ハルは振り返ると、自分とラッチの後をついて来る二体の大きなドラゴンに向かって、困ったように言った。

「私これから街に戻るの。クロナギの事が心配だし……。けど、あなたたちは今まで通りここにいて。街に出たら皆びっくりしちゃうから」

森の入り口まで引き返してきたハルは、邪魔だからとそこに投げ置いていた荷物を拾い、背負い直した。

「じゃあね」

そう言って立ち去ろうとしたのだが、何故か歩いても歩いても前に進めない。

「ちょっと……」

振り返って思わず声を漏らす。黄土色のドラゴンが、ハルの外套を噛んで後ろから引っ張っていたのだ。

「ああ、買ったばかりの外套に穴が……。お願いだから行かせてよー！　クロナギの無事を確認したら、後でまた来るからー！」

雨はすっかり上がって、雲の切れ間から明るい太陽が顔を出す。

ハルは行く手を阻むドラゴンたちをなんとか説得し、街に戻ってきた。牙の形に穴が開いた外套を脱ぐと、ラッチを包んで隠し、両手で抱える。ラッチは抱っこが嬉しいのかハルの腕の中でぐるぐると喉を鳴らしていた。

「わ、なんか人がいっぱい」

大通りまで出ると、そこは人で溢れていた。

包丁やホウキなど、武器になりそうなものをそれぞれ手に持っていて、なにやら物々しい雰囲気だ。

クロナギたちの戦闘や、ハルを掴んで飛ぶラッチの姿を見た人たちが、他の住人たちにもそれを伝え、このような騒ぎになっているのだろう。

揃いの腕章をつけた街の自警団らしき男たちが、剣を手に集まって相談している。

「魔賊にドラゴン、まったくこの街はどうなっちまうんだ。騎士様たちは退却しちまってるし、俺たちも魔賊にやられた傷がまだ完全には治ってないってのに」

「西地区で暴れていた竜人たちはどうなった？」

「俺たちが向かった時にはもういなくなってた。竜人同士の仲間割れだったようで、住人の中に怪我を負わされた者はいない。ただ、一件家が壊されてたけどな。壁に穴が開いていた」

「ドラゴンの子どもに攫われた少女は？」

「まだ見つからない。だが、森へと向かったようだし、急いで探さないと殺されてしまうぞ」

「ああ、森にはもっと大きなドラゴンが二体いるという目撃情報もあるしな」

ハルは民家の陰に隠れながら、ひっそりとその会話を聞いていた。

（どうしよう、なんだか大事になってる）

出て行って、自分は無事だという事を伝えた方がいいのだろうか。このままだと自警団員たちは森へ入って、あの岩竜たちを退治しようとしてしまうかもしれない。岩竜たちは簡単にはやられないだろうから、命の危険に晒されるのは彼らの方だ。

岩竜たちにも自警団員たちにも、怪我をしてほしくない。ハルがそんな事を考えていると、

「あら？　あなた……」

いつの間にか隣に立っていた若奥さん風のお姉さんに、顔を覗き込まれた。

「やっぱり！　さっきドラゴンに攫われて空を飛んでた子じゃない。ちょっと皆ー、こっち来て！」

「や、あ、あの……」

おろおろしているうちに、ハルの周りにどんどん人が集まってきた。

「ほら、この子よ。間違いないわ。無事だったのよ」

お姉さんが言うと、住民たちは笑顔でわしわしとハルの頭を撫でてくる。

「おおー、よかったよかった！」

「よく無事だったな」

「怖かったろう」

「いや、はい。あの……ご心配をおかけしました」

ハルは思わず謝った。あかの他人であるハルの事を心配してくれたなんて嬉しいが、申し訳なくもある。なんて言ったって、自分は別にラッチに攫われていたわけではないのだから。

しかしここでそれを説明すると、またややこしくなりそうだ。ハルはさっさとその場を立ち去ろうとしたのだが、

「ちょっと待ちなさい。君はどこのうちの子だい？　家まで送って行ってあげるから」

親切なおじさんがハルの腕を掴む。するとその拍子に抱えていたラッチを落としてしまって、

「きゅッ！」

地面にぶつかったラッチが小さく鳴いた。体を包み込んでいた外套が外れ、橙色の体があらわになる。

まずい。非常にまずい。

ハルがそう思った時には、もう手遅れだった。周りの人間たちはすでにラッチの姿を目に映してしまったのだ。

「このドラゴンは……」

「どういう事だ？」

「まさか、仲間だったの？」

「攫われたわけじゃなかったのか？」

住民たちの顔つきが段々こわばっていき、ハルに不信感たっぷりの視線が向けられた。

「まさか君も竜人なのか？」

そう言った初老のおじさんが、手に持っていた木の棒を強く握り直したのが見えた。

「何も反論しないという事はそうなんだな？　自警団の者たちに引き渡すからこっちへ――」

「ラッチ！」

どんどん事態がややこしくなってきたので、ここはもう逃げるしかない。ハルはラッチに声をかけると同時に体を反転させ、走り出した。

「あっ、待て！」

後ろから追って来る街の住民たちをまくため、狭い路地へと入る。今日はよく追いかけられる日だ。どこかの店の裏口だろうか、木製の扉の隣に置いてあったごみ箱を通り過ぎざまに派手に倒す。生ゴミが散らばって、追いかけてくる住民たちを短い時間だったが足止めする事ができた。

入り組んだ路地の角をいくつか曲がると、ふと、不用心に開いた窓が目に入る。建物の中に誰もいないことを外から確認し、ラッチと共に中に侵入する。少しの間だけここに隠れて、追っ手をやり過ごす事にしたのだ。

窓を閉めてカーテンを引くと、直後に外を通り過ぎる住民たちの足音が聞こえてきた。間一髪、見つからずに済んだらしい。

「それにしても変な家だなぁ」

ハルは自分が侵入した家を見渡して、小さな声で呟いた。ある程度大きく、外から見ると飾り気のない建物だったので、一般的な住宅というより宿舎のようなものに近いと予想したのだが、中の様子を伺う限り、規律正しい人間が住んでいるとは思えなかった。

ハルが侵入したのは、汚れた板張りの床に上等な絨毯が敷かれた広い部屋だ。調度品などは高級な物に見えたが、やたらと派手で品がない。大きなソファーも上等な物らしいが汚れていて、金ぴかのテーブルの上には、いくつもの酒のビンとグラスが転がったままだ。

不健康な生活を送っていそうなこの家の住人だが、意外にも読書家なのか、壁の本棚には分厚い本がずらりと並べられている。

街の住民たちが遠くへ離れて行くまでの暇つぶしがてら、ハルはそっと本棚の前に移動して、その中のひとつを手に取った。

ぺらぺらとページをめくるが、何が書いてあるのかよく分からない。この国で一般的に使われている文字とは、あきらかに違った。

「これって魔術文字だ。っていう事は、これは魔術書？」

ここにある本、全部そうらしい。

ハルは重い本を置いて、今度は本棚の隙間に突っ込まれている紙を取り出した。紙はいくつか重ねられたものを細長く丸めて、紐で縛ってある。筒状の穴から中を覗けば、魔法陣らしきものが描いてあるのが確認できた。これも魔術関連のものらしい。

そしてよくよく部屋を観察すれば、『魔石』と呼ばれる魔力を貯められる貴重な石も無造作にそこら辺に置いてあるではないか。原石のままこぶし大のものが転がっていたり、美しく加工されて腕輪や首飾りにされているものなどもあった。

この家の住人は絶対に魔術師だ。しかも金持ちの魔術師。

そしてテーブルの上のグラスの数や、そこら中に脱ぎ捨てられている服の数からして、おそらく複数人が一緒に暮らしているのだろう。奥にもまだ部屋はありそうだし。二階にも多くの個室が揃っていそうだ。

「なんか、やばい家に侵入しちゃったかも」

ハルは冷や汗をかいた。この街で魔術師と言えば……しかも複数人のグループの魔術師と言えば、思い当たるのはひとつだけ。

ここはきっと魔賊の奴らのアジトだ。

もしかしたら領主の騎士たちを追い出した後、そのまま彼らの詰め所を乗っ取って生活しているのではないだろうか。

「は、早く退散しなきゃ」

ハルがそう言って、手に持っていた紙を本棚の隙間に戻そうとした時だった。

「――竜人が強いって言ってもよぉ、魔術師の俺らにとっちゃ敵にもならねぇだろ？　あいつらは戦闘能力だけが取り柄の馬鹿な獣だ」

「まぁな、頭のいい俺らとは違う下等な種族さ。けど万全は期しておいた方がいいだろ。魔石をできるだけ身につけて、魔力を増幅させておくんだ」

家の外から、男たちの話し声と足音が聞こえてきた。

「か、帰って来ちゃった……！」

ハルはラッチと共に慌ててきびすを返したが、窓から脱出する前に、玄関から中に入ってきた魔賊の男たちに見つかってしまった。十人以上の団体だ。

「お前は昼間の……」

一番先頭にいた金髪オールバックの男がハルを見て目を見開いた。

「あの黒髪の男の連れだ」

バンダナを巻いた男と、紫の髪の男も頷く。どうやら街でハルたちと一悶着を起こした三人は、残念ながらしっかりとこちらの顔を覚えているようだった。

「捕まえろ！」

金髪オールバックの男が一応この集団の頭らしい。彼の一声で他の魔賊たちが杖を片手にこちらへと駆けてくる。

ハルは固まっていた足を動かして、戦おうとするラッチを引っ張り、素早く窓から脱出した。昔から運動神経はいい方なのだ。

しかし窓から外へ飛び出て、片足で地面を踏みしめた瞬間に、ハルの足は再び固まってしまった。

「……あれ？」

足だけではない。体も首も指先も、まるで石になってしまったかのようにピクリとも動かないのだ。視線と唇さえも満足には動かせず、とても重い感じがする。

しかし無理矢理に眼球を動かして自分の足下を見ると、直径一メートルほどの魔術陣が光を放っているのが見えた。

そういえば先ほどハルが窓から脱出した瞬間に、魔賊の誰かが何か短い呪文のようなものを唱えていた気がする。元々ここには魔術陣で罠が仕掛けてあって、それを呪文で発動させたのだろうか。だから体が動かないのかもしれない。

「きゅう！」

けれどハルのすぐ側で飛んでいるラッチは地面に触れていないからか、魔術陣の影響を受けていないようだ。ぱたぱたと翼を動かしながら、その場で動かなくなったハルを心配するように周囲を飛び回っている。

歯を食いしばり、ぐぐぐと力を込めて体を動かそうとしてみるが、何も変化は起こらない。体は固まったまま微動だにしなかった。

そうこうしているうちに魔賊の男たちは玄関からまた外に出て、余裕の笑みを浮かべながらゆっくりとこちらへやって来た。

「まぬけな格好で固まってるな」

駆け出そうとした姿勢のままのハルを見て、馬鹿にしたように言う。ハルは横目で相手を睨んだ。

金髪オールバックの男が憎たらしく続ける。

「俺たちには敵が多くてな。……少ない対価で親切にもこの街を守ってやってるってのに、ここの住人たちは俺たちを追い出そうとしやがるんだ。酷い奴らだろ？」

そこで狐のように目を細めて笑う。

「無謀にも俺らを倒そうとこのアジトにやって来た侵入者に罰を与えるため、この家には様々な罠が仕掛けてある。これもその一つだ」

そう言って、ハルの足下で光っている魔術陣を指差した。

「入って、くる時は……こんなの、なかった、のに……」

重い唇を動かして言う。街の人たちに追われて焦っていたとは言え、この決して小さくはない魔術陣を見落とすはずはない。

金髪の男は声を上げ、愉快そうに笑った。

「ははは、そうだろうな。当たり前だ、魔術陣に透過の術をかけてたんだから。丸見えの魔術陣なんて分かりやすい罠、罠とは言えねぇだろうがよ」

他の魔賊の男たちもドッと笑い出す。ハルの言葉がよほどおかしかったらしい。しかし、ひとしきり笑った後で、金髪オールバックの男が「まぁ待て。そんなに笑ってやるな」と仲間を諫めた。自分が一番笑っていたくせに。

「この馬鹿な小娘がそんなふうに言うのも無理はない。そうだろ？　透過の術は俺たちが作り出した便利な術だ。魔術陣にさらに魔術をかけて見えなくするなんて事、馬鹿では思いもつかないのさ」

「あなたたち、が……作った、術？」

馬鹿にされた腹立たしさよりも、そちらの方にハルの興味は向いた。金髪の男は尊大に胸を張って答える。

「そうさ。そんじょそこらの魔術師には到底無理でも、俺たちほど優秀で頭のいい魔術師なら新しい術を作り出す事だってわけはない。俺たちはお前らとは違う、才能を持って生まれてきた選ばれし人間なんだからな」

確かに彼らは優秀なのだろう。長い呪文や難しい魔術文字を暗記し、新しい魔術を開発する事もできる。

だけどそれが何なのだろう。彼らを見ていると、頭の良さや持って生まれた才能など、何の意味もないように思えてくる。そんなものがあっても、心が汚ければ台無しになってしまうのだと。

「さぁ、せっかくそっちから出向いてくれたんだ。お前を囮にして、あの黒髪の男をおびき寄せてやる。街の奴らが騒いでいたが、まさかお前たちが竜人だったとはな。だが、相手が誰でも容赦はしねぇ。お前たちは俺らをコケにしたんだ」

昼間、街で彼らに絡まれた時、クロナギが彼らの攻撃をあっさりと避けた事は、彼らにとっては『コケにされた』事になるらしい。自分の思い通りにならない事は全て癪《しゃく》に触るのだろう。

固まったままのハルの元へ近づいてくる男たちに、ラッチが唸り声を上げた。

「おーおー、恐ろしいドラゴンだ。怖いねぇ」

また魔賊たちが笑う。彼らはいちいち相手を馬鹿にしないと気が済まない性格なのか。

ラッチは吠え声を上げながら突進していくが、その牙が届くよりも早く、金髪の男の杖の先から雷撃が放たれた。

ラッチは至近距離から雷に打たれ、気を失い、墜落する。

「ラッ、チ……！」

上手く動かない唇を開き、ハルが悲鳴を上げる。ハルとは違う理由で動かなくなったラッチは、あっさりと魔賊に捕まってしまった。

「こいつは殺さずに売り飛ばすか。かなりの額で売れるだろうよ」

魔賊の男たちは陰湿な笑みを浮かべてラッチのしっぽを持ち、ハルを拘束してアジトの中に戻る。

そうして改めてハルを見て、仲間たちと会話を続けた。

「この子どもを人質にしておけば、あの黒髪の竜人はこっちに手も足も出せなくなる」

「そうだな。しかし俺たちみたいに優秀な魔術師と単細胞の竜人一匹とじゃ、普通に戦ってもこっちが勝つだろうがな」

「ははっ、なんだか楽勝になりそうだ。弱い者いじめは好きじゃないんだが」

「よく言う」

目の前で繰り広げられる不愉快な会話に、ハルは黙って顔をしかめた。口を挟みたくても、猿ぐつわをかませられて叶わないからだ。

魔賊の男たちは、結局全部で十八人いるらしい。確かに能力の高い魔術師がこれだけの人数集まっているのなら、少人数の騎士団くらいはあっさりと倒してしまうだろう。

彼らはひとつのテーブルを囲み、どうやってクロナギを始末するかという作戦を立て始めた。そしてその隣の床の上で、ハルとラッチは口を塞がれ体を縛られて、みの虫状態で転がされている。

自分の体を拘束する縄をなんとか解こうとしてみるも、うねうねと床をのたうち回るだけで効果はない。

隣で体と口をぐるぐる巻きにされているラッチは先ほど雷撃を浴びたにも関わらず、今はもう元気に抵抗をみせている。が、その度ころころと絨毯の上を転がるのみで、こちらも意味はなかった。なんと無力な一人と一匹だろうか。

軽くハルが絶望していると、金髪オールバックの男がこちらへ近寄ってきた。転がるハルの隣にしゃがみ込んで、にやにやと口角を上げている。

何かよからぬ事を思いついたような顔つきだ。ハルは身の危険を感じ、緊張に身をすくめた。

「お前いくつだ？　十三？　十四？」

質問しておきながらも、口を塞がれたままのハルに対して明確な答えは求めていないらしい。黙ったままのハルに気分を悪くするでもなく、むしろ上機嫌な様子で細長い手をこちらに伸ばしてきた。

ハルの体を縛っていた縄を一旦外すと、後ろに回した両手首にそれをつけ直す。一体何がしたいのかと疑問に思っていると、

「……っ！」

男はいきなり、薄手の上着を小さなナイフで切り裂いた。さらにその下の服にも手をかけた所で、他の魔賊の男が声をかけてくる。

「なんだよ、今からか？　あの黒髪の男の始末はどうするんだよ」

「後でいいだろ。こっちはすぐに終わらせるさ。まだ子どもだが、このままあの黒髪の男をおびき寄せるための囮に使った後、一緒に殺しちまうのは可哀想だろ？」

金髪の男の言葉に、他の魔賊がいやらしく笑う。

「そのまま死ぬのと乱暴してから殺されるのと、どっちが可哀想なんだか。お前は酷い奴だよ」

言いながらも、その声に金髪の男を非難するような感情は一切見られない。むしろ面白い余興が始まったとでもいうように身を乗り出してきた。

「このくらいの年の女が一番具合がいい。この間攫ってきた女は、少し年が上過ぎた」

「変態め」

笑い合う男たちの下で、ハルの体温は急速に冷えていった。これから自分が何をされるのか、この金髪の男が自分に何をしようとしているのか、ハルの思い浮かべた最悪の予想は、きっと間違ってはいない。

服をまくり上げようとする男の手を改めて見て、ぞっと鳥肌が立った。クロナギとは違う手に触られて、喉に何かがつっかえたように息が苦しくなる。

母のように美しい女性に対してならともかく、自分のような平凡な少女にそんな感情を抱かれるとは思いもよらなかった。気持ち悪くて、怖くて、吐きそうだ。

目頭が熱くなって、涙がこみ上げてくる。

（気持ち悪い、泣きたい……）

泣いたらやめてくれるだろうか。抵抗して嫌がれば諦めてくれるだろうか。

そう思って、ハルがその通りに行動しようと思った時だった。

「随分大人しいな。自分がこれから何をされるか分かってないのか？」

薄気味悪く笑い続けながら、ハルの上に覆い被さった金髪の男が言う。

そして至極楽しそうに続けた。

「泣けよ。もっと抵抗しろ。その方が面白い」

その言葉を聞いた途端、ハルの中で何かが弾けて消えた。

それは、きっと恐怖だ。

自分を組み敷くこの男は最低な人物だと改めて思ったら、何故だか乱暴される事に恐怖を感じなくなった。だってこんな事、ハルにとっては何でもない事だから。

相手は最低の人でなし。そんな奴に何をされたって痛くも痒くもない。虫に刺されたようなもの。

この男では、ハルの心を汚す事はできない。

——自分は、こんな事では汚されない。

そう思ったら冷静になれた。目の前で興奮している愚かな男を、じっと見つめる。

「悲鳴くらい上げろよ。盛り上がらねぇだろ。口の布、取って……」

ハルの服を脱がそうとしていた男は、ふとハルと目を合わせて言葉をのみ込んだ。

澄んだ緑金の瞳には、恐怖も怯えも、怒りすら浮かんではいなかった。

ただ真正面から相手を見つめ返すのみで、ただそれだけなのに圧倒されて息苦しくなる。

敵わない。

何が？

分からない。

けれど自分ではこの少女を屈服させられない。

「おい……やめろ」

金髪の男は思わずたじろいで、独り言のように呟いた。

少女の瞳の中に映り込んだ自分が、とても陳腐《ちんぷ》で小さく見える。——まるで虫けらだ。

「何だよ、その目は……何なんだよ……お前は」

うわ言のように呟きながらハルから離れていく金髪の男。不思議に思った他の仲間が声をかける。

「どうした？」

ぽんと肩を叩かれて、金髪の男はハッと目を見開いた。

仲間の顔へちらりと目をやった後、緊張した面持ちでハルに視線を戻す。手首を縛られ、猿ぐつわをかまされて、汚い床に転がっている平凡な少女。

けれど今、自分は確かにこの少女に対して恐怖を感じた。

金髪の男はごくりとつばを飲んだ後、苦虫を噛み潰したかのような顔をしてハルから顔を背けると、仲間に命令を下した。

「……こいつに目隠しをしておけ」

「は？　何で？」

「いいから、早くしろっ！」

なんだよ、とブツブツ文句を言いながらも、バンダナを巻いた男がどこからか布を持ってきてハルの瞳を隠す。それを見届けると、金髪の男は密かに詰めていた息を吐いて言った。

「おい、もう行くぞ。こいつを大通りまで運べ。あの黒髪の男をおびき出したら、一緒にさっさと殺しちまうんだ」

「何なんだよ、さっきから」

「いいから早く――」

「分かったって。何怒ってんだよ。子竜は置いて行くんだな？」

魔賊の男たちは、暴れてころころ転がり続けるラッチにさらに鎖を巻きつけ、重そうなテーブルと繋いだ。そしてバンダナの男がハルを担ぎ上げる。クロナギをおびき寄せるため、外へ出るらしい。

目を塞がれ大人しくなっているハルを見て調子を戻した金髪の男が、再び悪い笑みを浮かべた。

「俺たちはこれから、街で暴れていた悪い竜人を始末するんだ。街の住人たちから後でたっぷり謝礼金を頂かないとな」

気を取り直した魔賊の男たちは、そんな話をしながら愉快そうに笑い合っている。

ハルは担がれて運ばれながら、これ以上街の住人から搾取するつもりかと憤慨した。彼らのせいであの美味しいタルトを売るおばちゃんが店を畳んでしまったらと考えると、ハルは怒りのあまり暴れ出しそうだった。まだチーズとナッツとカボチャのやつを味わっていないのだ。

（あのタルトが二度と食べられなくなるなんて……。あのもっさりした昔ながらのドーナツが……カスタードパイが、バターマドレーヌが、苺ジャムクッキーが、キャラメルオレンジケーキが……)

街で見かけた甘い物の数々を思い出して、絶対に魔賊の奴らの思い通りにさせる訳にはいかないと思うハルだった。

街の大通りに出ると、ハルと、ハルを抱えた魔賊の男たちに住人の視線は一気に集まった。

「その子はさっきの……一体彼女をどうするつもりだ?」

ハルには見えなかったが、中年の自警団員が恐る恐るといった様子で魔賊の男たちに話しかけてきた。周りの住人たちも不安そうにハルたちの方を眺めている。

(魔賊に捕まって人質になるくらいなら、街の人たちに捕まっておいた方がよかったかもと、今更ながらハルは思った。色々と事情を聞かれて面倒な事にはなっただろうが、危険な目には遭わされなかったはず。

「うるせぇよ。自警団とは名ばかりの役立たず共は黙っとけ。俺たちはこれからこいつを餌に、街で暴れる竜人をおびき寄せて退治してやろうとしてんだからよ。お前らは大人しく、俺たちに貢ぐ金を用意してりゃいいんだ」

犬のように「邪魔だ。しっしっ」と追い払われ、自警団員たちは怒って何か言い返そうとしていたが、魔賊の男に杖を向けられると悔しそうに顔を歪めて引き下がる。魔術を全く使えない者にとって、それは十分な脅しだ。

街の住民たちにとっては、ハルやクロナギたちもまた厄介者かもしれない。ソルやオルガに攻撃されてクロナギは家の壁に穴を開けてしまったし、ハルはラッチと空を飛んで無用な騒ぎを起こした。竜人やドラゴンなんて早くこの街から出ていってほしい、と思ってはいるだろうが、しかし魔賊の男たちほど嫌われてはいないはずである。それは住人たちがハルに向ける目と、魔賊に向ける目の違いを見れば明らかだった。

それでも魔賊の反感を買ってまでハルを助けようとは、誰も思っていないらしい。人々は遠巻きに騒動を眺めながら、自分たちに被害が及ばない事を願っているようだ。

けれどそれも仕方のない事。住人たちは魔賊の男たちが操る強力な術を、嫌というほど目にしてきているのだから。

「さぁ、のろしを上げようぜ」

金髪の男が意気揚々と言う。

呪文を唱え、杖の先を空へと向けると、真っ白な煙を出しながら、小さな黄色い光の玉がしゅるしゅると天へ昇っていく。周囲の家の屋根を越え、ある程度の高さまで上がったそれは、パンと大きな音を立てて弾けて散った。そして後には、一本の白い煙が風に揺られている。

きっとすぐにクロナギはやって来る。

目隠しの布の下でハルはそっと目を閉じ、耳を澄ませた。

そしてその予想通り、一分経ったか経たないかの短い時間でクロナギはやって来たようだった。ハルにはクロナギの足音は聞こえなかったが、

「来たな」

自分を抱えている魔賊の男がそう呟いた事で、目隠しをされていたハルでもクロナギが現れた事を知れた。

（ソルやオルガは上手くまけたのかな？　怪我をさせられてないといいけど）

魔賊の男たちは、一人きりでやって来たクロナギを見てにやにやと笑っているようだ。ただでさえ十八対一という人数の差があるのに、ハルという人質もいるし、魔術への自信もある。自分たちの勝利を確信しているのだ。

周囲に集まって来たこの街の住民たちは、皆息をひそめて成り行きを見守っている。

着々とこちらに近づいて来ているはずのクロナギの足音は相変わらず聞こえないが、視界を遮られているせいで感覚が鋭くなっているのだろうか、ハルはクロナギの感情を肌で感じ取る事ができた。

彼はこれ以上ないくらい、怒《いか》っている。

燃え盛る炎のような激しい怒りではない。もっと重くて、もっと静かな怒りだ。

じわじわと水位を上げながら、確かな圧力を持ってこちらに迫って来る津波のよう。

きっとクロナギは今、険しく威圧的な顔をしているに違いない。そう思ったハルだったが、実際は真逆の表情をしていたようだ。

「何笑ってやがる」

金髪オールバックの男の声だ。どうやら魔賊たちだけでなく、クロナギも笑っていたらしい。

「いや、ハル様に目隠しをしてくれるなんて親切だと思っただけだ」

そう答えたクロナギの穏やかな声は、奇妙な響きを帯びていた。内に秘められた熾烈《しれつ》な感情、つまり怒りを、巧みに抑えているような口調。

しかしスラリと長剣を抜いてから放った次の言葉は、それこそ鋭い刃のようだった。

「これで遠慮なくお前たちの首を落とせる」

魔賊の男たちはクロナギの言葉に一瞬顔を引きつらせた後、ハルの存在を思い出して余裕を取り戻した。

「おいおい、竜人ってのは本当に頭が足りねぇんだな。こっちには人質がいるのを忘れたのか？　こいつを傷つけられたくなけりゃ、大人しくしてろ。そこで動くなよ」

金髪オールバックの男が杖を構えた。

「首が飛ぶのはテメェの方だ。だが、まずはその剣を落としてやる——右腕ごとな」

男が詠唱を始めると、クロナギに向けられた杖の先に魔力が集まり始めた。拳ほどの大きさの、密度の高い魔力の塊だ。それが金髪の男の合図と共に勢いよく放たれ、一直線にクロナギの肩を狙う。

「んーッ！」

ハルには何も見えなかったが、クロナギの危機を感じて声を上げた。「逃げて」と叫びたかったが、口も塞がれているため叶わない。

弓矢数本分もの威力を持った魔力の塊は、空間を斬り裂くようにしてクロナギへと向かい、そして
——

「……さすがに頑丈だな。前に同じ攻撃を別の奴にやった時は、玩具みてぇに簡単に腕が吹き飛んだのによ」

金髪の男が僅かに顔を曇らせた。攻撃は確かにクロナギに当たったが、剣を持つ彼の腕は、まだ無事に胴体にくっついていたのだ。服は多少破れたが、皮膚が裂けたりしている様子もない。

とは言え、骨や筋肉にはダメージがあったはず。人間なら腕が吹き飛ぶほどの威力なのだから。

けれどクロナギは、まともに攻撃を喰らった後も動かず、顔色ひとつ変えなかった。

「じゃあこうしよう。何発当てれば腕が飛ぶか調べてみようぜ。右腕が飛んだら、次は左だ」

黄ばんだ歯を見せ、金髪の男は残忍な発言をする。

「お前はそこで的になるんだ。動いてこっちの攻撃を避けたりすれば、こいつがどうなるか分かるな？」

バンダナの男は担いでいたハルを地面に下ろして立たせ、片手で後ろから拘束した。もう片方の手には杖を握っており、その杖の先はハルの頭に突きつけられている。

「んんー！」

ハルは何とかして自由になろうと体をよじったが、拘束は強まるばかりだった。

（クロナギ、逃げて！　こいつらの言いなりになっちゃ駄目！）

それでは彼らの思う壺だ。金髪の男は、最終的にハルの事も殺すつもりでいるのだ。クロナギが魔賊の言う事を大人しく聞いたからといって、ハルが無事に解放される事はない。二人とも死ぬだけ。

けれどここでハルを見捨てれば、クロナギだけは無事に逃げ切る事ができる。

自分が犠牲になる、と考えた訳ではないが、クロナギに怪我をしてほしくないとは思った。だから
ハルは塞がれた口で「逃げて」と叫び続けた。

「んーッ、んー！」

金髪の男が楽しそうに杖を構える。

「さぁ、次は血くらい出るだろ」

魔力が集まり、二発目が発射される。

しかしそれと同時にクロナギの姿はその場からかき消えていて、かと思うと、ハルを拘束していたバンダナの男は斬られて倒れ伏していた。

少なくとも鈍い人間の目には、それら三つの事は一瞬のうちに行われたように見えた。

「なん、だ……？　どこに行った？」

魔賊の集団の一番先頭にいてクロナギと退治していた金髪オールバックの男は、束の間、消えた敵を探して周囲に視線をさまよわせた。

的に当たらなかった魔力の塊が、遠くで家の壁を破壊して消える。

きょろきょろと辺りを見回していた男は、「こ、こっちだ！」という仲間の言葉にぐるりと後ろを振り返った。

十八人いる魔賊の集団の中心で、バンダナの男は痛みに呻いて地面にうずくまっていた。金髪の男は目を見開く。

「いつの間に……」

どんどん広がっていく血溜まりが、すぐ隣に立っていたハルのブーツに接触しかけた時、その軽い体はふわりと持ち上げられた。

　ハルはクロナギの匂いを嗅ぎ取って、彼の腕の中でホッと息をつく。自分に触れる手がバンダナの男からクロナギに変わった事への安心と、クロナギが金髪の男の攻撃を避けた事への安堵《あんど》が胸を満たす。

「恐ろしい思いをさせてしまい、申し訳ありません」

　囁かれたクロナギの言葉に、ハルはぶんぶんと首を横に振った。自分が魔賊に捕まったのは彼のせいではない。

　今思えば、クロナギが迎えに来てくれるまでドラゴンたちと森に隠れておくべきだった。大きな岩竜たちは、アナリアからだけでなく魔賊からもハルを守ってくれただろう。

「ドラゴンたちは、あなたを慕ってたでしょう？」

　ハルの思考を読んだかのように、クロナギがほほ笑みかけた。

「それはあなたが皇帝の血を引いているからです。野生のドラゴンたちは、ハル様が帝位継承者であることなど理解していないでしょうが、本能で自分が従うべき人間を嗅ぎ分ける」

　自由に空を飛んでいけるにも関わらず、ドラニアスに住む野生のドラゴンたちが外国へ出て行かないのは、そこに皇帝がいるからだ。ドラゴンたちは実際に皇帝に会った事などなくても、皇帝という存在を知らなくても、遠くで何となくその存在を感じ取って生きている。

　皇帝の血を持つ者に惹かれるのは、竜人たちだけではないのだ。

　しかしハルの父が死んでから、つまりドラニアスに皇帝という存在がいなくなってからは、執着をなくした野生のドラゴンたちが外へと出ていってしまう現象がたびたび起きている。

皇帝という存在を中心にしてまとまっているのもまた、竜人たちだけではない。『平和の森』にいた岩竜二体も、皇帝が死んでからドラニアスを出てきたドラゴンたちだった。

もっとも、彼らは皇帝の死など知らないが。

ただ何となくドラニアスにいると落ち着いたのに、その安心感、充足感みたいなものがなくなってしまったから、気まぐれに海を越えてみただけ。

「やはりあなたは皇帝になるべきだ」

命を狙われる危険がある以上、無理強いはしないと言ったのに、クロナギはハルを皇帝とする事を諦め切れないようだった。

瞳を塞がれているというのに、ハルはクロナギからの熱い視線を感じた。ちょっとドラゴンに懐かれただけなのにな、と尻込みする。

「おい！」

突然荒っぽく声をかけられて、ハルはハッと魔賊の存在を思い出した。今は彼らに囲まれて一触即発の危険な場面だったと。

「調子に乗るなよ」

奥歯を噛みしめ、憎々しげに金髪の男が言う。しかしクロナギはそれには答えず、視線さえやる事はなかった。ハルを抱えたまま跳躍し、一瞬で通りの端へ移動すると、路地の陰にそっとハルを立たせて言う。

「不快でしょうが、しばらく目隠しはそのままに、ここを動かないでください。すぐに終わらせますから」

「んー！」

ちょっと待って！　と言ったつもりなのだが、クロナギには伝わらなかったようだ。あるいは伝わっていて、聞こえない振りをしたか。

彼はハルの側から素早く移動し、魔賊たちのいる通りの中央へと戻ってしまったらしい。そちらから戦いの始まった音が聞こえた。

魔賊たちの怒声、呪文を紡ぐ声、何かの破壊音。

ハルはそわそわと地団駄を踏んだ。戦況を見たい。クロナギの無事を確かめたい。

しかし手と目、口を縛られたこの状態で動き回っては、彼の邪魔をするだけだ。

ハルはなるべく冷静になって耳を澄ませた。そうすると、ほんの少しだけだが不安が消えた。たまに聞こえてくるくぐもった悲鳴はクロナギのものではなく、魔賊たちのものだったから。

クロナギはそう簡単には悲鳴など上げそうにないから、見えないだけで負傷している可能性はあるけれど、それでも魔賊を斬りつけられるほどの体力は残っているという事だ。

魔術は、とても便利なものだ。人の体だけでは生み出せないパワーを秘めた攻撃を繰り出す事ができる。

しかしそれには杖と呪文、あるいは魔術陣が必要で、考えようによっては、魔術というのはとても分かりやすい攻撃でもある。

術者は目標に向かって杖をかざさなければならないが、それではどこを狙っているかが丸分かりだし、呪文を詠唱すれば攻撃を仕掛けるタイミングがバレてしまう。

簡単な術なら、あるいは難しい術でもあらかじめ魔術陣を描いておけば、発動の呪文はほんの一言で済む場合もある。

けれど今のこの状況では魔術陣を描いている暇などないし、簡単な術では竜人のクロナギは倒せないのだ。

ぎりりと歯ぎしりする金髪オールバックの男は、クロナギの俊敏な動きを何とか目で追いながら、できる限りの早口で攻撃呪文を唱えていった。

仲間の魔賊がまた一人倒される。

竜人を相手にして初めて、男は魔術が至高のものではないと気づいた。攻撃する前にいちいち呪文を唱えなければならないという制約に苛々する。人間を相手にしている時はそんな事思わなかったのに。

(くそ！　詠唱を終えるまであと数秒はかかる！　こんなことをやっている間に奴は――)

「ぐあッ……！」

視界の右半分が赤い飛沫で染まった。金髪の男は悲鳴を上げて己の体を見下ろす。あるべきはずのものが――杖を握っていた右腕がなくなっていた。

「お前の腕は一撃で取れたな」

クロナギは感情のこもっていない冷たい声で言ったが、苦痛の呻き声を上げて倒れた男にとどめを刺す事はしなかった。

慈悲からではない。むしろその反対だ。クロナギはハルの上着がナイフのようなもので切られていた事に気づいていた。彼女の服が僅かに乱れていた事も。

何故そのような事になったのか、誰がそうしたのか、後でじっくりと魔賊たちから聞き出さねばならない。だから今は殺さない。強烈な痛みに苦しみながら、自分たちの行動を後悔すればいい。

魔賊の人数は半分まで減った。クロナギの勝利は近いと思われたが、そう簡単に事は運ばなかった。

「見つけたぜ、クロナギー!」

緊迫した場に似合わぬ陽気な声を出して、オルガが通りに姿を現した。そしてその後ろからは、両手に剣を持ったソルも。

せっかくまいたというのに再び現れた彼らに、クロナギはあからさまに嫌な顔をした。

そしてハルは路地の陰で一人焦っていた。オルガとソルはクロナギを狙っている。そして彼らは魔賊ほど簡単には倒せない。

敵の人数が単純に二人増えただけじゃない。その強さは一人で魔賊数人分はあるのだから。

(クロナギがピンチだ! 何とかしなくちゃ……)


タッドはこの街の自警団のまとめ役だ。もういい年だし、先頭を切って剣を振るう事はほとんどなくなったが、今でも自主訓練は続けている。

様々な修羅場——と言っても、魔賊が来るまではこの街で大きな事件など起きなかったのだが——を超えてきて経験も豊富、腕にも自信はある。

しかしそんなタッドでも、目の前で繰り広げられている戦いには手を出せずにいた。参加するのも、止めるのも無理だ。周りにいる住民たちも、さすがに「なんとかしてくれよ団長さん」なんて無茶は言ってこない。

「あのまま、あの黒髪の竜人が魔賊どもを蹴散らしてくれればと思ったんだがな……」

ぽつりと言葉をこぼす。

魔賊の手からあっさりと人質の少女を奪還した竜人は、その後次々と魔賊の男たちを倒していった。呪文の詠唱に時間を取られている彼らを尻目に、目にもとまらぬ早さであざやかに攻撃を繰り出し、圧倒的な力の差を見せつけたのだ。

タッドを含め、街の住民たちは初めて見た竜人の戦闘力におののいたが、しかし同時に、あの高慢で残虐な魔賊たちが地に伏せていく光景をどこか爽快な気分で眺めていた。これまで、街の住民たち全員が魔賊に不当な扱いを受けてきたからだ。

難癖《なんくせ》をつけられては一生懸命働いて貯めたささやかな財産を奪われ、奴らの機嫌が悪ければその魔術の餌食になった。街の女の中には、酷い乱暴を受けた者もいる。中には、まだ年端もいかぬ少女が被害を受けた事もあった。

自警団の男たちも駐在していた領主の騎士たちも魔賊を討とうとしたが、悔しい事に魔賊は魔術師としては一流だったのだ。剣一本持って立ち向かっても意味はない。あえなく返り討ちにあった。

領主からの助けがいつやって来るのかも分からない状況で、街は恐怖と暴力によって魔賊に支配されていた。奴らを倒せる者などいないのではないか。街はもう自由を取り戻せないのではないか。誰もがそう感じて絶望していた。

しかし、まさかドラニアスの竜人がこの街にやって来るとは思いもよらなかった。

黒髪の竜人が正義の味方であるとは言い切れないが、彼は街の住民たちにとって敵である魔賊の、さらに敵なのだ。

敵の敵は味方だし、それに少なくとも黒髪の竜人は街の人間に直接被害を与えるような行動は起こしていない。

戦いを見守っていた住民たちは、いつしか黒髪の竜人の勝利を願っていたのだが、しかし途中で戦況は変わってしまった。黒髪の竜人と仲間割れを起こしているらしい二人の竜人が現れたのだ。

彼らは魔賊など目に入らぬ様子で、楽しそうに、ただ黒髪の竜人だけを狙って攻撃を仕掛けている。

「このままだと黒髪の竜人はやられてしまいそうだな」

タッドが呟く。黒髪の竜人は、他の二人の竜人と、そして残った魔賊の相手を一手に引き受けているのだ。

新たに現れた二人の竜人の攻撃が、図らずも魔賊たちに呪文を唱える時間を与えてしまっている。元々、魔賊は魔術に関しては優秀ではあるのだ。きちんと詠唱を終えられれば、高い精度の術を繰り出す事ができる。

黒髪の竜人は数人の敵から次々と繰り出される攻撃を上手く避けているように見えたが、完璧に無傷という訳にはいかないようだ。特に同族からの俊敏な攻撃は何度も彼の体をかすり、その度傷を増やしていっている。

「おいおい、大丈夫か……？」

焦りを覚えてタッドが言った。このまま黒髪の竜人が負けて、魔賊が勝ってしまったら……。

不安に思いながら、周囲の住民たちと共に戦いを見守っていたその時、

「んーッ、んんー！」

どこからか、くぐもった声が聞こえてきた。視線を巡らせば、近くの路地に不自由な拘束を受けたままの竜人の少女が立っていた。そういえば戦いが本格化する前、人質であった彼女は、黒髪の竜人によって安全な所へ避難させられていたのだ。

「んー！」

目が見えずとも、黒髪の竜人が不利な状況に立たされているのが分かるのだろう。少女は必死に声を上げながら、しかしどうする事もできずにその場でうろうろしては家の壁にぶつかっていた。

タッドは息を吐いて、その少女に近寄っていく。

「団長、危ないですよ。あの子も一応は竜人みたいだし……拘束を解けば暴れるかもしれません」

部下に後ろから声をかけられたが、タッドは足を止めなかった。今年で五十を過ぎた男が、竜人とはいえ、まだあどけなさの残る少女を怖がってはいられないではないか。

「おい」

タッドが話しかけると、少女はこちらへ体を向けて、緊張気味に前傾姿勢をとった。そしてそのま

まトンと地面を蹴って、タッドの胸に飛び込んで来る。

いや、突進してきたというべきか。少なくとも少女はそのつもりだったようだ。タッドにとっては、まるで攻撃にはなっていなかったが。

飛び込んで来た少女の肩を捕まえて、抑えつける。

「落ち着け、俺は魔賊じゃないぞ。お前のその布を解いてやる」

タッドが説明すると、抵抗していた少女はピタリと大人しくなった。『お願いします』というように、「うー……」と情けない声を出して素直に後ろを向く。

タッドは苦笑して少女の拘束を解きにかかった。息がしにくいだろうと、まずは口の布を取ってやる事にする。

(ほらな。竜人とはいえ、子どもは子どもだ。可愛いもんだ。うちの娘も昔は……)

今は成人して口ばかり達者になってしまった娘だが、小さかった頃は目に入れても痛くないほど可愛かった。その頃の事を思い出し、哀愁に浸る。

少女に危険はないと知った街の住民たちも、そっとこちらに近づいて来る。なんだかんだで皆気になっていたのだ。

しかし少女の方へ近づいて来たのは、街の住民だけではなかった。

もう一人、深紅の薔薇を思わせる目をした美しい女が、未だに瞳を塞がれている少女の前に立つ。

「んー、んー」

「ちょっと待て。結び目が固いんだ」

猿ぐつわの拘束を解くのに手間取るタッドを急かしていた少女は、しかしすぐ近くで感じる冷気のようなものに身を固めた。タッドもふと顔を上げる。そして目の前にいた美女に、「おお……」と思わず感嘆の声を上げた。

この世の者とは思えない美しさだ。神が特別の寵愛を注いで作り上げたとしか思えない、現実感を感じられないほどの美貌。男だけでなく、女も子どもも、彼女の美しさには目を奪われるだろう。

「すごい美人だな」

思わず少女の拘束を解く手を止めて、うわ言のように呟く。

美人なだけでなく、体つきも魅力的だ。タッドは思わず口笛を鳴らしたくなった。

しかしその美女は、タッドにも、他の自警団の男たちにも、住民たちにも、誰にも興味は持っていないようだった。

ただ一人、目の前の少女を除いては。

美女のきつい視線が少女を貫く。

「ドラゴンたちはあなたを襲わなかったのね」

少し低めの、しかし女性らしい色気のある声。少女は緊張気味に耳を澄ましている。

「という事は、あなたがエドモンド様の血を引いている事は間違いないらしいわね。クロナギと同じく、ドラゴンたちもあなたを認めた。けれど……」

美女がすっと目を細める。

彼女を眺めながら、灼熱の氷のようだとタッドは思った。どこか冷たさを感じさせる外見は氷でできた彫像のようなのに、内側には真っ赤な炎が燃えている。そんなイメージ。きっと激しい気性の持ち主なのだろう。氷の美女は続ける。

「けれど私は認めない。人間として育ったあなたを、憎いフレアにそっくりなあなたを……私は決して認めない。認められない」

強い口調だった。

全く関係のないタッドも何となく緊迫した空気を感じ取り、ごくりと唾をのみ込む。

「一応エドモンド様の尊き血も受け継いでいるんだもの。命を奪うのはやめるわ。でも、ドラニアスには来ないでちょうだい。あなたはこの国で人間として生きていけばいい。今まで通りね」

そこでちらりと後方を確認すると、美女は続けた。

「クロナギは……総長の命令通り、連れて帰るわ。拒否するでしょうけど、そうなったら動けない体にしてから運べばいい。何本か骨を折っても、ドラニアスに着く頃には回復するでしょう」

美女がそう言ってここから離れようとした瞬間——周囲の空気がびりびりと細かく振動した。タッドにはそう感じられた。

美女も何か感じるところがあったのか、足をとめて美しい眉を寄せる。その視線の先には、もちろん竜人の少女がいた。

しかし今、そのちっぽけな少女からは、タッドが戸惑うほどの怒気が発せられている。

何となく息苦しく、気を抜くとその場にへたり込んでしまいそうなほどの。

タッドは冷や汗をかいて数歩後ずさった。

少女は何かに怒っているらしい。クロナギなる人物に危害を加える、という美女の発言がきっかけだったのか。

空気を震わせながら、確かな圧力が美女にかかっているように見えた。少女の背後にいるタッドでさえ感じているのだから、正面にいる美女はどれほどか。

少女がゆっくりと足を踏み出すと、相対する美女も一歩後ろへと下がった。驚きに目を見開き、緊張に身を固くしながら。

(一体何なんだ、この光景は……)

端から見れば、訳の分からない状況だろう。

普通に考えれば、目と口を塞がれ、手首を縛られた少女は何の脅威にもならないはずだ。

けれど少女より背も高く、鍛えられ引き締まった体をした竜人の美女は、今、明らかに気圧されている。

「な、に……?」

美女がわななく。

少女がまた一歩距離を詰め、同じだけ美女は後ずさる。

「来ないで!」

恐怖を感じた美女が叫んだその瞬間、しかし追いつめる側だった少女は、自分の足にもう片方の足を引っかけるという、ある意味器用な方法で間抜けにすっ転んだ。

「んぐ……っ!」

後ろ手に縛られているため、顔面から地面に突っ込み、少女は哀れな声を上げた。

そしてその途端に場を覆っていた緊迫感は霧散し、少女から発せられていた圧力も消える。幻でも見ていたのかと思うほどあっけなく、簡単に。

しかし、美女はきつい運動をした後のように、ぐっしょりと汗をかいていた。速い呼吸を繰り返しながら、魅惑的な唇をきゅっと噛んだ後、くるりと体を反転させて足早にその場から去っていく。

彼女は戦闘の続く大通りの中央へと躍り出ると、どこからか長い鞭を取り出し、黒髪の竜人に向かって行った。

「んー！　んー！」

美女の後ろ姿を目で追っていたタッドは、地面でのたうっている少女にハッと視線を戻した。

「ま、待て待て」

しゃがんで少女に手を伸ばし、口の布を解いてやる。少女は「ぷはっ」と空気を吸い込むと、

「て、手もお願いします！」

慌てながらタッドに懇願した。その声は小鳥のように高く澄んではいるが、そこら辺の少女と同じように未熟で頼りない。

その幼さの残る声を聞くと、タッドは難しい顔をして拘束を解こうとする手を止めた。

「……いや、駄目だ。今自由にすれば、君はあの黒髪の竜人を助けに行くだろう。それは危険だ。君はまだ子どもだし、戦闘が終わるまではここにいなさい」

「し、心配してもらえるのは有り難いけど、でもお願いです、ほどいてください！　私、クロナギを

助けないと……！」

泣きそうな声を出す少女に、タッドは困った顔をした。まるで自分がいじめているようではないか。

少女の気を逸らそうと話題を変えてみる。

「君とあの黒髪の竜人はどういう関係なんだ？　兄妹か？」

そう質問すると、少女はしばらく黙り込んだ。そしてとても言い辛そうに説明する。

「……彼は、私の……じゅ、じゅ、従者……なんです……たぶん」

自信なさげに言った彼女だが、けれどタッドは「なるほど」と納得した。兄妹にしては似ていないと思っていたのだ。黒髪の竜人はこの少女を守るような行動を取っていたし、彼が従者だというのも頷ける。

「だが、彼が君の従者だというなら、尚更助けに行く必要はないじゃないか。主人を守るのが従者の役目なんだから、君は堂々と守られていればいいさ」

「ううん、それは駄目」

凛とした声に、タッドは一瞬困惑した。目の前で地べたに横たわっている少女から、幼さと頼りなさが消えている。

「だって、上に立つ者が下の者を守らないと」

未だに隠されている彼女の瞳が、布の下できらりと光った気がした。

「守られて当然なんて思っているなら、誰かの上に立つ資格なんてない」

「……おお、そうだな。お前の言う通りだ」

タッドも自警団の長として、そう思っている。自分が部下を守らなければ、他に誰が守るというのか。

「じっとしていろ」

そしてタッドは手を伸ばし、少女の拘束を解いたのだった。


「あの、団長……」

「何だ？」

「何かさっき格好良いやり取りしてましたけど……あの少女の拘束を解いたのは、やっぱり間違いだったのでは？　だって彼女、拘束解いた瞬間に逃げ出しましたよね？」

タッドは険しい顔をして腕を組んだ。

そう、少女は自由になった途端、どこかへ駆けて行ってしまったのだ。目の前で今も繰り広げられている戦闘に参加し、劣勢になっている黒髪の竜人に手を貸すでもなく……。

「あの子、なんか偉そうな事言ってましたけど、結局怖くなったんですかね。ま、結局はただの女の子だったって事――」

「いや、きっと戻って来る」

タッドは確信を持って言った。あの少女は戻って来る。

そうでなければ、「じっとしてろ」などと渋い男を気取って、彼女の拘束を解いてしまった自分が恥ずかしい事になるではないか。

第三章
episode.03

♦ Ordinary Emperor ♦

ドラニアスの国民にとって皇帝は無類の存在だ。

しかしアナリアは、他の者よりさらに特別な想いをエドモンドに抱いていた。

ドラニアスの上級貴族の生まれであるアナリアは、父や母について小さな頃から皇帝の住む禁城に出入りし、エドモンドともよく顔を合わせていた。そして会うたび、思慕《しぼ》を募らせていったのだ。

彼の人と間近で接し、視線を合わせて言葉を交わしていながら、その魅力に抗える者などいるはずがない。エドモンドは優しくユーモアがあり、寛容だ。彼は大きくて暖かな太陽に似ていた。

アナリアは皇帝の妃候補として両親に育てられていたため、幼い時から、どうしてもエドモンドを異性として意識せずにはいられなかった。

皇帝の妻になるなど、一般の帝国民にとっては夢のまた夢だが、家柄もよく、美しく、戦闘の才能もあったアナリアには、それは十分有り得る未来の一つだったのだ。

二人の年の差は十以上あったが、寿命の長い竜人にとっては大した差ではない。

十三歳の時に竜騎士団に入った後も、臣下が主に持つ以上の感情をアナリアはエドモンドに募らせていた。

しかし年を経るごとに膨らむばかりのその想いは、フレアの出現によって簡単に打ち砕かれる事になる。

『君は自分を過小評価している。君ほど美しい女性を、僕は他に知らない』

エドモンドがフレアにそう言ってほほ笑みかけている場面を目撃した時、アナリアの心は激しい嫉妬に支配された。

小さい頃から両親に蝶よ花よと育てられたアナリアだ。美しい容姿は誰の心も奪ったし、同性の友達からは羨望の眼差しを向けられるのが常だった。

まだ十三歳ながら、アナリアの美貌は完成されていた。自分でも、自分がこの世で一番美しいと思っていたのだ。

だが、エドモンドがフレアを選んだ事で、その自信は打ち砕かれた。エドモンドはアナリアよりフレアの方を美しいと思っている。それが事実だった。

胸の奥で炎が狂ったように燃えて、心臓が焼き尽くされるような感覚がした。初めて経験する嫉妬という感情は、アナリアにとってそれほど激しいものだった。

自分より恵まれている者に抱く妬みを嫉妬と言うなら、彼女は今までそんな感情を持った事がない。特に容姿に関しては、自分より優れた者など見た事がないから。それはフレアに対してもそうだった。自分とは違う柔らかな美しさを持っているのは認めるが、それでも彼女が自分以上だとは思っていなかった。

それなのに……。

エドモンドに選ばれたフレアの事を考えると、嫉妬で心が真っ黒に濁っていくような気さえした。

そしてそんな気持ちの時にふと鏡を見ると、眉間に皺を寄せて目を吊り上げた、醜い表情をした自分が映っているのだ。

それはアナリアにとってとても衝撃的な事だった。自分の顔を醜いと感じるなんて。

けれど嫉妬を止める事もできない。

エドモンドのいない所でフレアと対峙し、口汚く罵った事もあった。けれどそれに対して彼女は、心底困ったような悲しそうな顔をするばかりで、言い返してくる事もない。フレアはその時十八歳で、年下のアナリアに大人げなくやり返す事はできなかったのかもしれないが。

それでもフレアがそうやって落ち着いた対応をする事で、アナリアはさらに惨めな気持ちになっていった。

醜く嫉妬して、一方的にフレアを罵って……。そんな自分が嫌だった。

私はもっと気高く、美しく、完璧だったはず。そう思ってしまう。

でも駄目なのだ。そう思っていたって嫉妬を理性で抑える事はできない。心と頭は別だから。エドモンドとフレアが一緒にいるところを見ると、また淀《よど》んだ感情が心を覆う。

そしてその嫉妬心は、フレアが指輪を持ったままドラニアスから去った後、憎しみへと変化した。

エドモンドは臣下たちに心配をかけさせまいと平気な顔をしていたが、ずっと彼だけを見つめてきたアナリアの目には、酷く傷ついているように見えたから。

エドモンドを傷つけたフレアが憎い。

彼に選ばれておきながら、あっさりとその寵愛《ちょうあい》を手放したフレアが憎い。側を離れてなお、エドモンドの心を離さないフレアが憎い。

フレアがドラニアスを去ってからエドモンドが亡くなるまでの約十五年の間に、アナリアは竜騎士見習いから正式な竜騎士へと成長し、体も大人の女性へと変貌《へんぼう》を遂げた。強さと美しさにさらに磨きがかかり、女性らしい魅力も備わった。

しかしそれでも、エドモンドがアナリアを異性として意識する事はなかったのだ。

『アナリアは今日も綺麗だなぁ』

エドモンドはよくアナリアの容姿を褒めてくれた。褒めてくれたが、それだけだ。他の男たちのようにアナリアを自分のものにしようとはしてくれない。

(結局、私よりもフレアの方が綺麗だと思っているのでしょう?)

フレアがドラニアスを去ってからもう随分経つというのに、未だにアナリアは彼女を意識せずにはいられなかった。それはたぶん、エドモンドがフレアの事をずっと想っているからだ。彼がフレアを忘れない限り、アナリアも彼女に嫉妬し続ける。

もう疲れた。

一体、何度そう思った事だろう。他人を憎しみ続けるのには、恐ろしくエネルギーがいるのだ。

この十数年、アナリアはずっとフレアを妬み続け、そして同時に、そんな自分の醜さを思い知らされ続けている。

アナリアは疲れ果てていた。

だけどやはり、未だ嫉妬と憎しみは消えない。消えてくれないのだ。

エドモンドとフレアはもうこの世にはいないというのに、自分だけが取り残されている。そんな感覚。

「ちょっと」

アナリアは美しい眉をしかめて、自分のすぐ目の前に着地した男に文句を言った。

「私がいるのが見えないの？　危ないでしょ。もう少しであなたのその金属のついた物騒な腕が私に当たるところだった」

「おー、アナリア。いたのか」

怒るアナリアに怯む事なく、目の前の男――オルガは屈託なく笑った。竜人の中でも恵まれた体格をしていて見た目は厳ついというのに、この男はどこか子どもっぽく憎めない面がある。アナリアはそう思っていた。ガサツで乱暴なところは嫌いだが、オルガの持つ明るい部分には少し惹かれる。

自分もクロナギもソルも、どちらかというと陰の性質を持っている人間だ。例えるならば、太陽よりも月に近い。

対して、オルガは自分から光を放つタイプ。彼の側にいれば、その光の暖かさを分け与えてもらう事ができる。そういうところはエドモンドにも似ていた。

もっとも、二人が放つ光には大きな差があるが。

穏やかに全てを包み込むような秋の太陽。エドモンドをそう例えるならば、オルガは強烈な夏の太陽のようだから、近づき過ぎると暑苦しい。

しかし彼らは自分が誰かに光と暖かさを分け与えているなんて、全く気づいていないのだろう。

『陽』の人間とは大抵そうだ。アナリアにはできない事を簡単にやってのける。だから惹かれるのだ。

「それ、クロナギに?」

アナリアは、血に濡れたオルガの太ももに目をやった。クロナギの剣で斬られたのだろう。

「おう」

オルガは低く笑う。笑顔の熊を見ているようだ。幼い子どもが見れば泣くかもしれない。

竜人は強者と戦う事に喜びを感じる者が多いが、オルガとソルは特にその傾向が強い。クロナギと思い切り戦えて、楽しくて仕方がないのだろう。視界の端で再びクロナギに突っ込んでいくソルの姿を確認し、

(まるで兄に構って欲しがっている反抗期の弟みたいだわ)

と、アナリアは思った。これを言うとソルは気分を害するだろうが。

「よし、俺ももっかい行くか!」

そう言って、オルガもクロナギの方へ走り去っていく。

オルガがクロナギに攻撃を仕掛ける様子は、不良な兄が出来のいい弟にちょっかいをかけているようにも見える。

(御愁傷様)

面倒臭い奴らから気に入られているクロナギに、アナリアは少しだけ同情した。おまけに今は、変な人間の魔術師たちにも目をつけられているようだし。

アナリアはちらりと斜め後ろを見た。

少し離れたところに、魔術師の男たちが数人で固まっている。九人はすでにクロナギにやられたらしく、アナリアが来た時には地に伏せていた。そして残りの九人は、何やら呪文を唱えては遠くからクロナギに攻撃を放っている。

アナリアは冷めた瞳で魔術師たちを見やる。体つきはひょろりと痩せているか脂肪に包まれてぽっちゃりしているかのどちらかで、男としての魅力は全くない。すぐに興味を失って、アナリアは視線を前に戻した。

しかしある事を思い出して、もう一度後ろを振り返る。今度は魔術師たちよりもっと後ろ、通りの脇にいる野次馬たちよりさらに奥へと視線を定めた。

先ほどまで〝あの子〟がいたはずの路地の暗がりには、今は人影はない。地面にあの子を拘束していた布が落ちているだけ。

確認のために周囲を探ってみたが、目的の人物の姿はなかった。拘束を解いて、どこかへ逃げたのだろうか。

視線を再度前に戻せば、クロナギもまたあの子を探しているようだった。休む暇を与えてくれないオルガやソルの相手をし、その合間合間に放たれる魔術師たちからの攻撃をかわしつつ、目だけをせわしなく動かして少女の行方を追っている。

アナリアはクロナギの事を昔からよく知っている。年が近く、家同士の繋がりもあったからだ。

直接言われた事はないが、アナリアの両親はアナリアがエドモンドに見初められなかった場合、クロナギと一緒になってくれればと思っていたようだ。

もっとも、アナリアもクロナギもお互いに相手をそんなふうに意識した事はないので、その話がまとまる事は永遠にないだろうが。

アナリアとクロナギは幼なじみだし、お互い若くして竜騎士団の『紫《ヴィネスト》』に配属されたという共通点もある。

紫《ヴィネスト》とは、皇帝の身辺警護を専門とする少数精鋭の護衛隊の事で、別名『近衛隊』とも呼ばれている国民憧れのエリート部隊だ。

けれど、特別仲がいいという訳でもない。エドモンドが生きていた頃は毎日のように禁城で顔を合わせていたのだが、話す事は仕事についての報告や連絡くらい。いい意味で、側にいても違和感のない空気のような存在だった。

そんなふうに普段はあまりクロナギの事を意識しないアナリアだが、しかし今まで何度か、彼の事を羨ましいと感じた事はある。

エドモンドがフレアを選んだ時、クロナギはアナリアのように醜い嫉妬はしなかった。彼だって――アナリアの恋心とはまた違う意味でだが――エドモンドを慕《した》っていたはずなのに、その唯一無二の存在を人間の女に奪われても、穏やかに笑っているだけだったのだ。クロナギはすんなりとフレアを受け入れていた。

そしてきっとそれは、クロナギが男だったからだとアナリアは思っている。

エドモンドと同性だから、アナリアのように醜い嫉妬などしないのだ。エドモンドを想う気持ちの中に、恋などという余計な感情は含まれていないから。

アナリアは、それがとても羨ましかった。クロナギのエドモンドへの想いは、とても単純で純粋なように見えたのだ。色恋が混ざってくるから、ややこしくなる。

フレアに嫉妬し、どす黒い感情を抱えたまま、それを上手く消す事もできずに、毎日毎日疲弊《ひへい》しながら生きている自分。

(嫉妬なんてしたくない。クロナギのように、もっと綺麗な感情でエドモンド様を想いたいのに)

自分も男であればよかった。そうすればきっと上手くいったはず。

余計な感情にとらわれず、もっと楽に、もっと素直にエドモンドを愛せた。

(だけど、何もかもがもう手遅れ)

アナリアが男になる事は不可能だし、それにエドモンドはもう死んでしまっている。アナリアの力ではこの状況を変える事などできないのだ。

これからもエドモンドの事を想っては、嫉妬に苦しめられながら生きていくしかない。きりきりと痛む胸をアナリアはそっと片手で覆った。

数秒そうやってじっとした後、一度まぶたを閉じてから、またゆっくりと持ち上げる。気持ちを切り替え、目の前で繰り広げられている戦いに集中する。

帝国竜騎士団をまとめる軍団長――近しい人間は彼を『総長』と呼んでいるが――からの命令は、クロナギを連れ戻す事と、〝あの子〟をドラニアスに入れない事だった。

が、とりあえずクロナギだけを無理矢理にでも連れ帰れば、命令は全て果たせた事になるだろう。

クロナギなしで、何の力もないあの少女がドラニアスに辿り着けるとは思えない。

アナリアは静かに周囲を見回した。やはり、街の住民たちの中にもあの子の姿はない。

(クロナギを置いて逃げたのね。フレアの娘だもの。逃げ出すのはお手のものというわけ)

頭の中で呟いて自分を納得させる。しかし心のどこかで、あの子は戻ってくるんじゃないかという予感もしていた。

あの少女の事を考えるとアナリアは複雑な気持ちになる。憎いフレアにそっくりな彼女を受け入れたくはないが、その言動や雰囲気から、時折『皇帝一族の血』みたいなものやエドモンドの面影が見えてしまって、強く心を揺さぶられるのも確かだ。

クロナギはフレアの時と同じく、またあっさりとあの子を認めたようだが……。

「くっ……」

かすかに漏れた声に、アナリアは我に返った。ソルの剣先が脇腹をかすめ、クロナギが息を吐いたのだ。

二対一、さらに魔術師を加えれば十一対一か。さすがのクロナギも押され始めているらしい。余裕はあまりなさそうで、決着が着くのも時間の問題に思えた。

一応ソルとオルガも紫《ヴィネスト》に所属しているエリートだ。もっとも紫の中での彼らの役割は、クロナギやアナリアとは微妙に違う。

敵が現れた場合、皇帝を守って安全を確保するのがアナリアたちの役割なら、ソルやオルガの役割は、真っ先に敵に向かって行ってそれを殲滅《せんめつ》する事。

先陣を切って敵に突っ込んでいく形になる訳で、一番危険な役割でもある。だが、それ故に戦闘能力の高い者が選ばれるのだ。ソルとオルガも単純な攻撃能力だけなら若手の中では随一。クロナギが追いつめられるのも無理はない。

ソルの素早い斬撃を上手くかわしたクロナギだったが、避けた先にはオルガが待ち構えていた。が、クロナギはとっさに体をひねって、その攻撃すらも回避しようとする。

けれどそのタイミングを狙って後方から魔術師が術を放った。小さな杖の先から、風の刃が四つ五つと飛び出してきたのだ。

アナリアはその様子を傍観して、クロナギの行動を見守った。このまま動かなければオルガの拳を喰らい、それを避けようとすれば風の刃に切り刻まれる。そのどちらかを選ぶしかない。そういう状況。

結果、クロナギは後者を選んだ。オルガの攻撃を寸ででかわし、風の刃を体で受け止めたのだ。きっとアナリアだってそうする。何故なら、オルガの拳はただの拳ではないから。

ただでさえパワーのある彼が、鋼の塊をつけて打撃を放ってくるのだ。それをまともに受ければ竜人だってひとたまりもない。オルガの本気の拳は相手の固い筋肉に深刻なダメージを与え、骨を粉々に砕き、当たりどころが悪ければ内臓すらも破壊する。対して風は、皮膚とその下の肉を浅く斬るのみだ。

鋭い風に襲われてもクロナギは苦痛の悲鳴を上げなかった。

が、さすがに痛みを感じていない訳ではない。自身から流れ出す血を見て、顔をしかめている。動きも少しぎこちなくなった。

「よしッ！　当たったぞ！　ざまぁみろ！」

魔術師の男が得意げにはしゃぐ。

その声にオルガとソルは後ろを振り返った。今初めて魔術師の存在に気づいたような顔をしている。

実際、クロナギしか眼中になかったのだろう。

「今がチャンスだ。続けて攻撃を放て！　あいつを仕留めるんだ！　息の根を止めろ！」

九人の魔術師が、ぞろぞろと詠唱を始める。彼らの持つ杖の先に魔力が溜まっていくのがアナリアにも分かった。

彼女は魔術師たちを冷たく睨むと、長い鞭をしならせ、彼らではなくクロナギを狙った。人間の魔術師に同胞を倒されるのが嫌だったからだ。それはとても癪《しゃく》に障る。だから先に自分が倒す。

オルガとソルも同じ気持ちだったようで、自分の獲物を取られまいとするかのように、それぞれの武器を振りかざした。

十二人の攻撃が一斉にクロナギを狙った――その時だった。

「な、なんだッ……!?」

大気を震わす獣の咆哮《ほうこう》が耳をつんざく。

鼓膜を激しく叩くその雄叫びに耐えきれず、魔術師たちが詠唱を中断して両手で耳を覆う。

アナリアやオルガ、ソルも思わず攻撃の手を止めて空を見上げた。

大きな緑色のドラゴンが、そこにいた。

牙を剥き出し、敵対心をあらわにして、魔術師たちのすぐ上を飛んでいる。

かと思うと、その巨体からは想像もつかないほどの速さで人の頭すれすれを滑空し、風を巻き起こしながら両足で獲物を捕獲していった。

つまり魔術師を二人、両足それぞれに捕まえて飛び去ったのだ。

「うわあぁッ！」

「やめろっ！」

情けない悲鳴を上げる彼らに、アナリアは少し苛立った。男の甲高い叫び声など聞きたくもない。

「あれは平和の森のドラゴンか!?」

「最悪だ。この状況で、さらにドラゴンまで現れるなんて！」

「おい、家の中に逃げた方がいい！　子どもたちを中へ！」

戦いを見守っていた街の住民たちも、巨大なドラゴンの出現に顔を青くさせた。確かに普通の人間にとって、岩竜は恐怖の対象だろう。

「このっ、離せ！」

空の上では、ドラゴンに捕えられた魔術師が抵抗を始めていた。杖の先に真っ赤な炎を燃え上がらせ、それをドラゴンの腹に向かって放ったのだ。

岩のように硬い皮膚を持つ岩竜だが、腹の皮膚は比較的薄い。ドラゴンの足に捕えられていた魔術師からはそこしか狙えなかったのだろうが、結果的に弱点を攻撃する事になった。

「ぎゃう！」

『あちち』と言うように低く鳴くと、ドラゴンは空中でポイと危険な獲物を放り出した。

「やめ、離すな……うあぁぁあー！」

なす術なく落下していく魔術師二人を見ながら、アナリアは呆れた。彼らは馬鹿だ。恐怖にかられて攻撃のタイミングと種類を見誤ったのだ。

あの高さから落ちては、人間ならば無事ではいられないだろう。

空を飛んだり、宙に浮かんだり、そういう都合のいい魔術を使えたなら助かるだろうが、それも地面に激突するまでの一瞬で呪文を唱えられればの話。魔術師は残り七人となった。緑色のドラゴンは少し腹を気にしているようだが、見た限りでは酷い火傷はしていない。

「何で岩竜がこんなとこにいるんだ？」

オルガが空を見上げて不思議そうに言った。

何で？　決まっている。アナリアは確信していた。

（あの子はやはり、逃げた訳ではなかった）

アナリアの持つ美しい金髪が風に揺れる。頭上に影が落ち、二体目のドラゴンが現れた。森で見た黄土色の岩竜だ。

「クロナギ！」

岩竜には似つかわしくない可愛らしい声がクロナギを呼ぶ。それはもちろん岩竜が発したものではない。地上にいるアナリアからは見えなかったが、ドラゴンの背に誰かが乗っているのだろう。その正体なんて、考えるまでもない。

「ハル様」

囁くように少女の名を呼び、クロナギが片膝をついた。魔術師の攻撃をまともに受けて、上半身は血に濡れている。何も知らない者がこの状況を見たなら、クロナギは怪我が辛くて立っていられなくなったのだと考えるかもしれない。

けれどもちろん、それは違う。クロナギはそう簡単に膝を折ったりしない。

黄土色のドラゴンがゆっくり地上に降り立つと、その背から小柄な少女がひょっこりと顔をのぞかせた。

「血が……！　怪我してる！」

少女は息をのむと、クロナギを心配して大きく身を乗り出す。

——その瞬間、アナリアの時間は止まった。

大きく目を見開いて立ち尽くす。周りの喧噪《けんそう》が遠くに聞こえた。

まばたきも、呼吸すら忘れて、信じられない思いで目の前の少女の顔を見つめる。

考えてみれば、アナリアはしっかりと少女の顔を確認していた訳ではなかった。初めに彼女を見た時はフードを深く被っていたし、森ではうつむいていて、先ほどは目と口を布で覆われていた。

フレアと同じ明るい茶色の髪にばかり注目してしまって、きっと顔も母親にそっくりなのだと思い込んでいた。

それが実際はどうだろう。少女はむしろ、父親と瓜二つだった。

薄い唇に小さな鼻、柔らかなあごのラインと眉の形。そして何より、あの丸い緑金の瞳。強い意思の宿った、宝石のような輝き。

エドモンドは竜人の男にしては小柄で中性的だったし、童顔で若く見えたが、目の前の少女はそのエドモンドに女の子らしい可愛さと幼さをさらに足したような、そんな顔立ちをしている。

途絶えてしまったはずの皇帝一族の血は、確かにこの少女に受け継がれている。

失われてしまったはずのエドモンドの命は、この少女の中で確実に生き続けている。

そう思った瞬間、アナリアの中の竜人の血が感動に打ち震えた。皮膚の下で血潮が熱く燃え始めている。喜びの感情が体の中で爆発を待っているような感覚。

少女を見つめる事に集中し過ぎて、アナリアは手に握っていた鞭をいつの間にか落としていた事にも気づかずにいた。

クロナギと少女は会話を続けている。

「大した怪我ではありませんので、ご心配には及びません」

「十分大した怪我だよ」

少女は心配そうに眉を下げた後、その緑金の瞳をソルとオルガに向けた。

「ソル、オルガ」

彼らの名を呼ぶ声に恐怖や怯えはない。きっと少女は……少女の中の本能は気づいたのだ。皇帝の血を継ぐ自分は、竜人である彼らを恐れる必要などないのだと。

一方で名を呼ばれた二人だが、ソルは珍しく無表情を崩して目を見開き、オルガはぽかんと口を開けて少女の事を見つめていた。

二人とも、アナリアと同じように少女の顔をはっきりと確認していなかったようである。亡き皇帝の面影を色濃く残す彼女に、驚きを隠せないでいる。

ドラゴンの上から、少女は両者を見下ろした。

「クロナギと遊びたいのは分かるけど、今は駄目だよ。我慢して」

子どもを叱るような口調に、オルガは思わず半開きになっていた口を大きく開け、反発しそうになっていた。別にそんなんじゃねぇよ、と言いたげに。

しかしそう言い返せば、まるで本当に素直じゃない子どもみたいになってしまう、とでも思ったのだろうか、彼にしては珍しく素直に口をつぐんだ。

何となく闘争心が萎えたらしく、ソルも双剣を背中の鞘に仕舞う。

二人ともクロナギから少女の方に興味が移ったようだ。黙って彼女の行動を観察する体制に入った。オルガとソルがクロナギへの攻撃を諦めたのを確認すると、少女はまたゆっくりと視線を移す。一人立ち尽くしていた、アナリアの方へと。

「アナリア」

初めてまともに少女と目を合わせ、アナリアは僅かに身じろいだ。何もかもを見透かされるようなあの視線の強さに懐かしさを覚えて。

少女は襟元から服の中へ手を差し入れると、まばゆい輝きを放つ何かを取り出した。華奢な鎖に繋いで首からかけていたらしいそれは、大きな宝石のついた指輪だった。かつてはエドモンドの指にはめられていたもの。

「それは……」

「アナリアは言ったよね。『どうせ指輪も売ってしまったんでしょ』って。だけど指輪は売られず、確かにここにある。それが、母さまが父さまを愛していた証明にはならないかな。母さまは何があろうと、この指輪を手放そうとはしなかった」

そう断言し、真正面からこちらを見つめてくる少女の視線に、アナリアはたまらず目を閉じた。唇を引き結んだまま、ぐっと奥歯を噛む。

嫉妬に胸を焦がしながら、アナリアは今まで見て見ぬ振りをしてきた自分の中の答えを認めた。

本当は分かっていた、と。フレアがエドモンドを捨ててドラニアスを去ったのは何か事情があっての事だとは察しがついていたし、その際に指輪を持っていったのも、エドモンドの事を忘れたくないからだと予想はできた。

フレアが酷い人間でない事は、最初からアナリアだって分かっていたのだ。

(だって、エドモンド様がそんな最低な女を選ぶはずないじゃない)

フレアはエドモンドに選ばれた女性なのだから、見た目だけでなく、中身も美しい完璧な女性に決まっている。

けれどそれでは、アナリアが耐えられなかった。自分ばかりが嫉妬を抱いて、醜くなっていくなんて。

だからフレアだって酷い女なのだと思い込んだ。エドモンドをたぶらかして、大切な指輪を持ち逃げするような最低の女なのだと。そうとでも思わなければ、アナリアは自尊心を保てなかった。

「信じて。母さまは本当に一途に父さまを思っていたんだよ。私はずっとそれを見てきた」

少女の言葉に、アナリアは苦しげに首を横に振った。

「……分かってる。フレアが純粋な女性である事は、本当は最初から理解してた。……そして醜いのは自分ばかりである事もね」

疲れたような声で言う。美しく自信に満ちあふれているアナリアは、今ここにはいない。いるのは、ぼろぼろに傷ついた一人の女性だ。弱々しく、儚くて、どこか悲しい。

少女はそんなアナリアの姿を見て、困惑したように首を傾げた。

「醜いのは自分ばかりって？　アナリアはそんなに綺麗なのに」

さらりと口に出された言葉に、アナリアは苦笑してしまった。エドモンドとよく似た少女に美しさを認められ、思わず喜びを感じてしまった自分を笑ったのだ。

馬鹿みたいだが、あの緑金の瞳で見つめられて「綺麗だ」と言われるのは、やはり嬉しい。

「醜い感情を抱いているのは私だけって事よ。フレアは誰かに嫉妬なんてしそうにないもの」

フレアの明るく柔らかな笑顔を思い出す。汚れを知らない花のようだった。きっと彼女は、生涯他人を妬んだ事などないのだろう。

しかしそう考えるアナリアを尻目に、少女は反対側にもう一度首を傾げると、当たり前のようにこう言った。

「母さまだって嫉妬くらいしたんじゃないかな。見た目は女神様みたいでも、結局は普通の人間だもん」

アナリアは僅かに眉根を寄せて少女を見た。今までずっと母親を庇うような事ばかり言っていたから、てっきり今度も「そうだよ、美しい母さまは嫉妬なんてしない」などと言われると思っていたのに。

「フレアが……嫉妬してた？」

「そう。母さまがこの指輪をぼうっと見つめている時は、大体いつも、とても悲しそうな顔をしてた。けどね、今思えば、その悲しみの中には、もっと複雑な感情も混じってたと思う」

少女は亡き母を思いながら、手の中の指輪へ視線を落とした。

「クロナギに話を聞いて……父さまと母さまは寿命の違いに悩んで別れを決めたんじゃないかって話ね、それを聞いて気づいたの。指輪を見つめていた時の母さまのあの悲しげな表情の中には、きっと嫉妬も含まれていたんじゃないかって」

アナリアはじっと話の続きを待った。

「父さまも母さまも、お互い相手の幸せを思って別れを決めた。相手には自分よりもっと相応しい伴侶――同じように年をとって、同じ寿命を全うできる伴侶がいると思って。でも、やっぱりそう簡単に割り切れなかったと思う。父さまのことは知らないけど、母さまのことならずっと近くで見てたから分かる」

少女はそこで一度言葉を途切れさせた。そして静かに結論を出す。

「母さまは、父さまに新しい伴侶を見つけて幸せになってほしいと願いながら、どこかでその『新しい伴侶』に嫉妬もしていたはず。自分は得られなかった幸せを、『彼女』は手に入れる事ができるんだから」

アナリアは目を丸くして言葉を失った。

……嫉妬していた？　あの清純無垢なフレアが？

そんな感情など、彼女には生まれつき備わっていないと思ってた。

けれどフレアの事を一番よく知っている娘がそう言うのなら、本当なのだろうか。だったらフレアは、もしかしたら私に嫉妬していたかもしれない。アナリアはそう思った。

アナリアはエドモンドと一番近いところにいた竜人の女性の一人でもあるし、彼の妃候補として育てられた事も――アナリアに宣戦布告ぎみに告げられて――フレアは知っていたから。

醜い嫉妬をしていたのは、自分だけではなかった。

アナリアは心がスッと軽くなった気がした。暗くドロドロしたものが、自分の体から抜け落ちていく。

思えば、フレアがエドモンドと共に過ごした期間は、ほんの短い間だった。彼女はドラニアスに一年もいなかったのではなかっただろうか。

対してアナリアは、子どもの頃から成人を迎えた後までずっとエドモンドの側にいたのだ。

結局彼の妻にはなれなかったが、エドモンドはアナリアを妹のように可愛がってくれたし、近衛として常に側を離れず一緒にいる事ができ、彼の最期を看取る事もできた。

嫉妬や憎しみにとらわれて今まで気づいていなかったけれど、それはある意味、とても幸せな事だったのでは？

フレアと立場を変われと言われれば、今のアナリアはきっと迷う。迷って、きっと断るはずだ。

例え両想いになったとしても、愛する人の側にいられない人生なんて耐えられそうにない。

(可哀想なフレア)

素直にそんな感想が出てきた。初めて彼女に同情する事ができた。――初めて、彼女を許せた。

まるで、何かの呪縛から解かれたような開放感だった。

長くアナリアを苦しめ続けてきた醜い嫉妬の感情は、驚くほどあっさりと消えていった。

フレアを許せた自分を、また愛する事ができる。そう思ってアナリアは泣きそうになった。

自分は今、生まれ変わったのだ。

「アナリア？　大丈夫？」

ドラゴンの背から身を乗り出して、焦ったように気遣いの言葉をかけてくる少女。

アナリアは真っ直ぐに彼女を見上げた。母親譲りの少女の髪色を見ても、もう嫉妬の気持ちは湧いてこない。そんな事はもう気にならないのだ。

アナリアはずっとクロナギが羨ましかった。エドモンドと同性であったクロナギが。

恋とか嫉妬とかそういう厄介な感情にとらわれず、純粋な思慕《しぼ》をエドモンドに寄せることができるから。

下心のないその想いはとても単純で、気高く見えたのだ。

自分も本当はあんなふうにエドモンドを愛したいのに……。クロナギを見て、何度そう思っただろうか。

今、アナリアはドラゴンの背に乗る少女を見上げて、安心したようにほほ笑んだ。

自分はきっと、この子を純粋に愛する事ができる。皇帝に従う竜人として、素直に、真っ直ぐに。

そんな予感がしたのだ。

「ハル様」

アナリアは今日、生まれ変わった。

エドモンドへの愛を抱えたまま、フレアへの嫉妬を同情に変えて、新たな主を見つけたのだ。

新たな主、それは春の太陽のように明るく無垢な少女だった。


「ハル様」

アナリアにそう呼ばれて、ハルは己の耳を疑った。クロナギならともかく、自分を憎んでいるはずのアナリアからそう呼ばれるなんて有り得ない。

(きっと聞き間違いだ)

一人で頷き、そう結論づける。

ハルは知る由もなかったのだ。アナリアが今この瞬間、フレアへの憎しみを捨てて大きく変わった事など。

けれどアナリアが鞭を手放しているのを見て、彼女にはもう戦闘の意思はない、という事だけは気づいた。なんだかよく分からないが、彼女の雰囲気が少し丸くなっている事にも。

(でも一応、作戦は成功したってことかな)

ハルの作戦は、ドラゴンで魔賊たちを威嚇している間に、自分がアナリアとオルガ、ソルを説得するというものだった。竜人三人さえどうにかできれば、魔賊の男たちはクロナギ一人でも倒してくれそうだと思ったからだ。実際、オルガとソルが来るまでは、魔賊相手に優勢を保っていた。

今、アナリア、オルガ、ソルの三人は、ハルの望み通りにクロナギへの攻撃をやめてくれている。自分は戦闘では力になれないし、怪我を負ったクロナギをさらに戦わせるのは辛いけど、今のうちに魔賊たちを倒してしまうのが得策に思えた。

「二人もクロナギを手伝ってくれる?」

自分の乗っている黄土色のドラゴンと、その隣に降り立った緑色のドラゴンに声をかけた。二体はハルの言葉を理解したかのように小さく吠える。

ハルは「ありがとう」と言ってから、膝をついたままのクロナギへ視線を向けた。

血に濡れた彼の姿を見るのは胸が痛いし、本当はもう怪我を癒すために休ませてあげたかった。

けれど、それではこちらに喧嘩を売ってきた魔賊に対して示しがつかない。

一度関わった以上、自分たちの手でこの件を終わらせないといけないと思った。ここで魔賊を逃がすつもりはない。

それにクロナギも、きっと今は休息など求めてはいないはず。

その証拠に、こちらを見つめてくる彼は、ハルからの命令を従順に待っていた。——魔賊を倒せという命令を。

ハルはその意を汲み取ると、主人らしい威厳を精一杯持ってクロナギを見下ろした。

「それじゃあクロナギ、彼らに竜人の強さを改めて見せつけてあげて。もう悪い事なんてできなくなるように」

ハルの言葉にクロナギは笑う。唇の端をかすかに上げて、自信たっぷりに。

「仰せの通りに、我が君」

しかしそう言ってクロナギが立ち上がり、ドラゴンたちがやる気に満ちた唸り声を上げた時だった。

「竜人の強さだと？　いいだろう、思う存分俺たちに見せつけてくれよ」

魔賊の一人、紫の髪をした細い男が馬鹿にするように言い放ったかと思うと、別の魔賊の男が杖の先を通りの端へと向けた。

そこには戦いを不安そうに見守っていた若い妊婦が一人いて、魔賊の術は彼女へと一直線に向かっていったのだ。

ずっと魔賊が小声で長い呪文の詠唱を続け、反撃の隙を狙っていた事にハルは気づけていなかった。

「きゃあ！」

女性の体は、一瞬まばゆい光に覆われた。

しかし次の瞬間には光は消え、彼女の瞳はどんよりと虚ろになる。

「こっちへ来い」

紫の髪の男がそう命令すると、お腹の大きな妊婦は素直にそれに従った。

「おい、どうしたんだ！　行くな、危ない！」

彼女の夫らしき男が止めようと手を伸ばすが、妊婦はその手を振り払って魔賊たちの側までやってきた。

紫の髪の男が冷酷な笑みを浮かべ、小型のナイフを彼女に手渡す。そうしてハルやクロナギ、街の住民たち皆に聞こえるように声を張り上げた。

「いいか、よく聞け。まずは街の自警団の奴ら！　お前たちはあの竜人どもを一人残らず拘束するんだ。そして竜人どもも！　お前らは一切抵抗せずにそれを受け入れろ。お前たちの誰か一人でもこの命令に逆らってみろ。この女と……腹のガキの命はないぞ」

妊婦の女性が、自分の大きな腹にゆっくりとナイフを当てる。普通の精神状態の人がそんな事をするはずはないから、彼女は先ほどの術を受けた事によって、魔賊の言いなりになってしまっているのだ。

妊婦の女性は、奴隷のように魔賊の望み通りの行動を取る。自らの腹にナイフを突き刺し、まだ生まれてもいない子どもを殺す事にすら抵抗を抱かないはず。

「やめてくれっ！　妻を、子どもを助けてくれ！　やっと授かった命なんだ……！」

「それは俺たち言われても困るな。自警団の奴らと、竜人どもに言ってもらわねぇと」

心底楽しそうに言い返す魔賊の男。

「さぁ、どうするんだ？　従わねぇのか？」

「頼む、団長さん！　言う通りにしてくれ！　妻を助けてくれ！」

夫らしき男性は、近くにいた中年の男にすがりついた。先ほどハルの拘束を解いてくれたタッドだ。タッドは男性に「大丈夫だ」と声をかけると、苦い顔をして部下に指示を出した。

「竜人たちを捕えるんだ」

自警団員たちは縄を手に持ち、緊張した面持ちでそろりそろりとこちらへ近づいてきた。その表情には僅かな恐怖が滲み出ている。

彼らだって竜人と相対するのは嫌なのだ。だけど今は魔賊に従うしかない。人質となった二人の命を守るために。

ハルは急いで頭を回転させた。無い知恵を絞って、事態を好転させるような妙案はと考えるが、悲しいほど何も浮かんでこない。

ハルたちがいる位置と、魔術師や人質の女性がいる位置は距離がある。クロナギの足がいくら速いと言っても、彼がここから走っていってナイフを落とすのと、妊婦がすでに自分の腹に当てているナイフを腹に突き立てるのとでは、おそらく後者の方が早い。自分の体にナイフを刺す事に何の迷いも恐怖も感じていない今の彼女なら尚更だ。

何とか両者の間の距離を詰められれば……。そうハルは考えていた。そうすれば、一瞬の隙をついてクロナギは動いてくれる。

けれど近づいて来るのは人質の女性ではなく、自警団の人たちだ。こちらの様子をうかがうようにして着実に距離を詰めてきている。

しかし彼らに手を出す事も、またできない。彼らは悪者ではないし、ハルたちが抵抗をみせれば人質の命もない。

きっと魔賊の奴らは、自警団員たちが手にしているような荒縄一つで竜人を完璧に拘束できるとは考えていないだろう。縄で簡単に縛った後、何か魔術を使うつもりだとハルは予想した。

それはもしかしたら、あの妊婦の女性にかけたような術かもしれない。

クロナギやオルガたちが虚ろな目をして魔賊の手下になっている光景を想像し、ハルは身を震わせた。

魔賊がこれ以上戦力を上げる事に恐怖を覚えてというより、クロナギやオルガ、ソル、アナリアが自らの意思を奪われる事に怒りを感じてだ。

何故だろうか。自分はクロナギたちの意思の自由を守らなければならないのだと、ハルは強く思った。それが自分の義務だと。

「腹の立つ奴らだな」

殺気に満ちた低い声。その声のした方へハルは顔を向けた。

好戦的な目をしたオルガが、獲物を狙うような視線をじっと魔賊に注いでいる。それに気づき、急いでドラゴンの背から滑り降りる。

威圧感たっぷりに、オルガが一歩足を進めた。

自警団員たちが顔を引きつらせ、魔賊が片眉をはね上げる。

妊婦の女性がナイフに力を込め、その切っ先が彼女の服にめり込んだ。

「やめてくれぇッ!」

夫らしき男性が悲痛な声を上げるが、オルガはそれを聞かずに地面を蹴った。

――と同時に、ハルがオルガの前に立ちはだかる。

「ぐふっ……！」

が、オルガの巨体に簡単に吹っ飛ばされ、ごろごろと地面を転がった。

しかしハルをひいたオルガが「あ？」と声をこぼして足を止めた事で、人質の女性もナイフを自らの体の奥に進めるのを止めた。服の下の皮膚には刃は到達していなかったらしく、血は出ていない。

だが、あとほんの少しでも力を込めれば、ナイフの切っ先は腹を突き破るだろう。

「ハル様」

クロナギが慌てたようにハルを助け起こした。「いてて」と後頭部を押さえながら、ハルはオルガを見やる。

「だめだよ、オルガ。動いちゃだめ」

「なら、このままあの野郎どもの言いなりになれってか？」

オルガは言われた通りに動きを止めつつも、反抗を諦めてはいないようだった。

「だけど、あのお母さんとお腹の赤ちゃんを見捨てる事はできないよ」

「大丈夫だって。ナイフが中の胎児を貫く前に取り上げてやるよ」

「それじゃ遅いよ、もっと前に取り上げなきゃだめなの。お腹に刺さる前！」

「そりゃ無理だな。この際母親の方の命は諦めようぜ」

向こうで人質の女性の夫が顔面蒼白になっている。ハルはブンブンと首を横に振った。

「だめだめ！　絶対だめ」

「けど、それが最善だろ。犠牲は一人で済むんだ。けど、このままあの魔術師どもの言いなりになってたら被害はもっと増えるぞ」

それはオルガの言う通りだった。ハルはきゅっと唇を噛む。

この事態を打開するためにどうしたらいい？　ハルに使えるものは、ハル自身の体と命、そして岩竜たちとクロナギの戦闘力だ。それでどうやってこの状況を――

「ハル様」

アナリアにそう声をかけられ、ハルは思考を中断した。アナリアの視線は真っ直ぐにこちらに向いていたが、一応ハルは後ろを振り返ってみる。

自分の後ろに、アナリアが敬称をつけて呼ぶ、自分とは別のハルなる人物がいるのではないかと思って。

しかし背後には誰もいない。

とするとやはり、アナリアは自分を呼んでいるのだろうか。先ほど声をかけられたのも聞き間違いではなかった？

混乱するハルを置いてきぼりにして、アナリアは尋ねた。

「ハル様、あなたの望みは？」

「望み？」

ハルはそう聞き返した後で、一度妊婦の女性の方へ視線を向けた。今は無表情だが、術が解ければきっと優しげに笑うのだろう。子どもを慈しむ母親らしい、柔らかな笑みを。

一瞬、ハルの頭にフレアの姿がよぎり、人質の女性と重なった。

ハルは視線をアナリアに戻して言う。

「今の私の望みは、人質二人の命を守りながら、あの魔賊たちをこてんぱんにやっつける事」

「……それでは、その通りに」

ハルがふと気づくと、アナリアは落としたはずの鞭を右手で握っていた。そしてその右手を素早く、かつ指揮者のように優雅な動きで振り抜くと、隣でクロナギが疾風のように駆け出した。

「だめっ！」

魔賊の方へ向かって走り出したクロナギに、ハルは思わず声を上げた。

クロナギが彼らの元へと到達する前に、人質の女性は自分の子どもを殺してしまう！

目を見開いて彼女の方を確認すると、やはり女性は、自らの腹に強く両手を押しつけていた。

しかしそこには……

「……あ、れ？」

ハルはぽかんと口を開けた。

人質の女性の手から、ナイフがなくなっている。彼女は何も握っていない両手を腹に押し当てていたのだ。

今になって本人もやっとその事に気づいたらしい。ぼんやりした目で、不思議そうに自分の手を眺めている。

「どういう事？」

ハルが首を傾げている間に、クロナギが魔賊を一掃していた。耳に届く彼らの悲鳴は、しかしハルの良心を痛ませる事はない。

ハルは「もしかして……」とアナリアの方へ顔を向けた。金髪の美女が、そこでにっこりと笑っている。得意げに。

「アナリアが？　その鞭で？」

ハルはアナリアの持つ鞭へと視線を落とした。握り手は細い棒状で、その先には黒い革紐が続いている。ハルが知っている一般的な鞭よりもずっとずっと長く、扱うのが難しそうだった。

しかしアナリアは先ほど、ほんの一回腕を振っただけでその鞭を正確に操り、人質の女性が持っていたナイフを落としたのだ。ハルの目には、鞭の軌道など全く見えなかったけれど。

女性の握り方からしてナイフだけを狙うのは無理だったようで、よく見れば女性の左手には赤いミミズ腫れが浮かび上がってきていた。

正気に戻れば痛みを感じるだろうし、しばらくは左手が使えなくなるかもしれない。けれど、自らの手で自分の腹を刺すよりは……大事な赤ん坊を殺すよりはマシなはずだ。

クロナギの手によって魔賊は全員再起不能にされており、人質の女性はまだ我に返っていないようだが、

「セリーナ！」

と涙を流して駆け寄ってきた夫に大人しく抱きすくめられている。

一瞬の沈黙の後、周囲の住民たちからドッと歓声が沸き起こる。

「やったー！」

「すごいぞ、竜人たち！」

「魔賊が倒された……もう俺たちは解放されるんだ！」

興奮の渦の中、アナリアはハルに向かって目が覚めるような美しい笑みを浮かべた。

「全てはあなたの望みのままに、小さな我が君」

ハルがその表情に見とれていると、

「ハル様、とどめを刺してもよろしいですか？」

丁寧な口調で恐ろしい事を言ってきたのは、すでに意識のない魔賊に剣を向けているクロナギだ。その漆黒の瞳には、魔賊に対する情けなど欠片も残ってはいない。むしろ報復を望んでいるように思えた。クロナギは、ハルが彼らに乱暴されそうになった事にきっと気づいているのだ。

ハルだって魔賊に情けをかけるつもりなどないが、クロナギの申し出には首を振った。

「ううん、殺さないで自警団の人たちに引き渡そう。この街の人たちだって、魔賊にずっと酷い事をされてきたんだし」

「分かりました」

クロナギはハルの提案を受け入れたが、顔はかなり残念そうだった。恐る恐るといった様子でクロナギの方へ近づいていく自警団員たちに、魔賊を引き渡している。

魔術師から力を奪うのは、実は結構簡単だ。杖を奪ってしまえばいいのだ。念のため口を塞いで呪文を唱えられないようにすれば、さらに完璧。

自警団の人たちがうっかりしない限り、魔賊の男たちは一生檻の中で過ごす事になる。いや、彼らのやってきた事を考えれば、さらに重い罰を受ける事になるだろう。自らの命で罪を償うのだ。

「クロナギの奴、一人で全部やりやがったな」

不完全燃焼といった感じで、面白くなさそうにオルガが言った。ソルも何だか不満そうである。

「というか、クロナギ大丈夫なの？」

ハルはおずおずと彼に近づき、そっと傷の様子を確かめた。傷口から鮮血が滴り落ちている訳ではないし、血は少しずつ乾いてきているようだが、ハルの目には重傷に映った。

「もう動かない方がいいよ……！」

ハルの声が僅かに震える。小さかった頃の、あの恐ろしい感覚が蘇ってきた。フレアは体が弱かったため、ハルはいつも『母の死』という恐怖と戦っていたのだ。フレアが体調を崩して寝込むたび、「母さま、死なないで！」とわんわん泣いてベッドにすがりついた。

少し成長してからはさすがに弱っている病人の前で泣く事はしなくなったが、フレアの看病をしながら「どうか母さまが死にませんように」と本気で神様に祈っていた。

領主の屋敷にいた頃のハルの小さな世界では、フレアだけが全てだった。フレアがいなくなれば世界が終わってしまうものだと思っていた。そしてその恐怖と言ったら……。

ハルは焦りながら早口で喋った。

「ここでじっとしてて！　急いでお医者さんを呼んで来るから」

しかしクロナギは、駆け出そうとしたハルの腕を軽く掴んで制止する。

「医者は必要ありません。竜人にとってはこんな傷、何でもありませんから。すでに傷は塞がりかけています」

「でも……本当に、本当に平気なの？　嘘ついちゃだめだよ。クロナギが死んじゃったら私……」

瞳をじわりと潤ませて、ハルはクロナギの袖口をきゅっと握った。フレアと同じように、クロナギもすでにハルの中で大切な存在になっているのだ。彼に死んでほしくない。

無理矢理にでも医者にみせようかと思ったハルだが、しかし見上げた先でクロナギがとても嬉しそうに破顔し、

「心配して下さっているのですか？」

と、とろけるような甘い声で言ったので、ちょっと考えた末に医者を呼ぶのは止めにした。なんだか大丈夫そうだなと思って。

「クロナギ、近いわ」

と、その時。ハルの後ろから刺のある薔薇のような声がクロナギを牽制《けんせい》した。この高飛車で魅力的な声の持ち主は、アナリア以外に有り得ない。

振り返ったハルと目が合うと、彼女は優しくほほ笑んだ。

（本当に何だろう……この変化は）

思わず変な汗をかくハル。好意的過ぎて逆に怖い。ハルを睨みつけていたアナリアはどこへ行ったのか。

「うわー、ドラゴンだ！」

「すごーい！　おっきい！」

突然、無邪気な声が響き渡ったかと思うと、岩竜たちが子どもたちに囲まれていた。

「ぎゃう？」

ちょろちょろと動き回る小さな生物を、ドラゴンたちは興味深げに目で追っている。襲うような様子はないが、お願いだから甘噛みすらもしないでねとハルは願った。おそらく周りでそわそわしている保護者たちもそう思っているはず。

ハルは子どもたちがドラゴンの体によじ登って遊んでいる様子をしばらく見守っていたが、ある事を思い出して「あ！」と声を上げた。

「ラッチ！」


魔賊のアジトに急いで駆けつける。そして拘束されていたラッチを解放した途端、彼はぎゃんぎゃんと鳴き出した。

しかし別に「怖かった」と泣いている訳でも、「助けにくるのが遅い」と文句をたれている訳でもないようだ。彼は拘束を解かれると、いの一番にハルの匂いを嗅いで浮気を責めた。

「ぎゃうぎゃう！」

「だ、だってしょうがないじゃん。岩竜たちの方が大きくて戦力になるし……い、いやいや大丈夫だよ、ラッチもすぐに大きくなるから」

飛竜であるラッチは大人になっても岩竜ほど大きくはなれないのだが、ハルはそう言って慰めるしかなかった。

「ぎゃうー！」

「わきまえろ、ラッチ」

クロナギが冷静に言って、ハルからラッチを引き離した。クロナギも、ついでに言えばアナリアも、そして何故かオルガとソルもこのアジトにやって来ている。

オルガは面白そうだから何となく、ソルは暇だし何となく、という感じで来たのだろうが、強そうな竜人たちをぞろぞろと引き連れて歩く形になったハルは落ち着かなかった。

「このドラゴンには調教が必要ですね」

アナリアに話しかけられたが、彼女の丁寧な言葉遣いに慣れていないハルは、うっかりそれを無視しそうになった。自分に言っているとは思わなくて。

慌てて返事を返す。

「うーん、あんまり厳しいのは……」

聞けばドラニアスの竜騎士団で飼育しているドラゴンは、きっちりと騎手の命令を聞くように躾けられているとか。

「ラッチは友達というか、弟というか……なんかそんな感じだし」

フレアが死んだ後も、ハルは決して独りぼっちではなかった。同じ領主の館で働いていた下女仲間たちは、母親を亡くしたハルが寂しくないようにと、よく話しかけてきてくれたから。

ハルは彼女たちのおかげで毎日を気丈に過ごす事ができたが、しかし唯一の家族を亡くした喪失感は簡単には埋まらなかった。――――自分の事を心から慕ってくれるラッチに出会うまでは。

ラッチという守るべき存在ができた事で、ハルはいつまでも「母さま……」と泣いている訳にはいかなくなり、気づけばめそめそとフレアの事を考えている時間が減っていったのだ。

ぐいぐいと遠慮なくすり寄ってくるラッチが、ハルの喪失感を埋めてしまった。

そう説明すれば、クロナギとアナリアは複雑そうな表情でラッチの事を見直した。

オルガとソルは話に興味がないらしく、陽が傾いて薄暗くなってきたアジトの中を勝手に漁っていた。魔術に使う道具なのか、髑髏を見つけたオルガがそれをソルに投げつけて遊んでいる。

「もっと早くにハル様を見つけてさしあげるべきでした」

申し訳なさそうにアナリアが言い、クロナギは自分のセリフを奪われたという顔をして彼女を見る。

そしてハルは我が目を疑うようにアナリアをまじまじと見つめた。

「アナリア、さっきからどうしたの？　熱でもあるの？」

「何がでしょうか？」

「だっていきなり敬語だし、ハル様とか言うし。私アナリアに嫌われてたはずじゃ……」

ハルが困ったように眉を下げると、アナリアも同じように眉尻を下げた。

「無礼な態度を取った事は申し訳ありません。けれど私はハル様を憎んでいた訳ではなく、フレアを憎んでいたのです。ハル様の中に流れる血の半分を許せなかった」

辛そうに唇を噛んでそう言った直後、アナリアはぱっと表情を変えた。うっとりするような魅惑の笑みを浮かべる。

「けれど今はそのフレアに対する憎しみも消えました。ですからハル様を憎む理由もない。皇帝一族の血を受け継ぎ、愛しいエドモンド様の娘であるあなたをどうして嫌う事ができましょうか。あなたは我々竜人の頂点に立つお方なのです」

当然のように述べられた言葉に、ハルはたじろぐ。自分のような平凡な人間が、竜人の頂点にだなんて。

心底困った顔をしつつ、助けを求めてクロナギを見上げた。が、クロナギはアナリアの味方だった。

「フレア様を亡くされた後、ハル様は大きな喪失感を感じたとおっしゃいました。それはエドモンド様を失った我々の気持ちと似ています。そして我々のその喪失感を埋める事ができるのは、ハル様しかいないのです。アナリアの変化も自然な事」

「うー……」

ハルは冷や汗をかいた。クロナギ一人にかしずかれるのでさえ慣れないのに、さらにアナリアのような美女を従える事などできそうもない。自分はそんな器じゃないのだ。

「他にもっと、アナリアたちが仕えるにふさわしい人がいるんじゃないかな」

私にクロナギやアナリアはもったいない。

思わずそう呟けば、二人の視線が一気に冷えた。怒ったような口調でアナリアが言う。

「私たちは、自分が仕えるべき主人は自分で決めます」

「ご、ごめんなさい」

美人の怒り顔は怖い。おろおろと謝れば、クロナギがすかさずフォローに入った。

「アナリア、ハル様は今までずっと普通の人間として育ってこられたんだ。小さい頃から皇帝としての教育を受けてきた訳じゃない。いきなり自分たちの主だと言われても、戸惑うのは無理ないだろう。少しずつ自覚させていかないと」

「……そうね、私たちの手で次期皇帝を育てていくのも楽しそうだわ」

何やら不穏な会話が聞こえてきたので、ハルは一応念を押しておいた。

「私、皇帝にはならないからね」

クロナギはハルをなだめるように「承知しています」と頷いたが、アナリアは納得していないようだった。

「けれど、ドラニアスの皇帝になれるのはハル様しかいないのです」

アナリアの言葉に、それまで話に入ってこなかったオルガまでもが同意する。

「そうそう、諦めろよ」

曲芸師のように、髑髏を片手でポンポンと器用に放りながら続けた。

「陛下が死んで、ドラニアスの奴らは皆、皇帝の血は途絶えたと思ってる。けど、国をまとめるためには新たな皇帝をたてなきゃならねぇ」

「だから私が？」

ハルの声は不安でいっぱいだった。

「今、ドラニアス国内で新たな皇帝にと推されてるのは総長だけどな。ドラニアスの軍事の最高責任者だ」

「だったらその人でいいじゃん」

「俺もそう思ってたけどな。総長が一番適任だって」

オルガは髑髏を放るのをやめて、じっとこちらを見た。いつの間にかソルもハルへと視線を向けている。

「けど、やっぱ違うわ。あの人は強ぇし、頭もいいし、責任感もあるが……やっぱ違うんだよ。お前を見てそう思った。総長は俺らの上司であって、主じゃない。皇帝の血を引く者以外に、皇帝は務まらねぇんだ」

オルガに真面目に話をされて、ハルは何も言い返せなくなった。のしかかってくる重圧に潰されそうだ。

しかしオルガはニカッと笑って、重い空気を吹き飛ばす。

「まぁ心配すんなって。プレッシャーを感じる必要はねぇよ。お前が最初っから完璧な皇帝になれるとは誰も思ってねぇから」

「『お前』とか言わないで」

「ハル様とお呼びしろ」

アナリアとクロナギがオルガを睨んでいるが、オルガにまで「ハル様」などと呼ばれたら、居心地が悪くてたまらない。

「まだ正式に皇帝になった訳じゃねぇし、固い事言うなよ」

「駄目だ」

言い合いを続けるオルガたちから逃げるように離れたハルは、魔道具や魔石の散らばるアジトの中をふと見回して、ある事を思いついた。

魔術書がぎっしり詰まった本棚へと近づき、その一つを手に取る。

「私にも魔術、使えるかなぁ」

ぺらぺらと魔術書をめくってみたが、簡単に習得できるような内容ではなさそうだ。

けれどハルは今度こそしっかりと魔術を身につけたいと思っていた。いざという時に自分の身を、そしてラッチやクロナギたちを守るためだ。

「初心者向けの指南書はないかなぁ」

『やさしい魔術入門』とか『猿でもわかる魔術』とか、そういった題名の書かれた背表紙を探してみたが、これだけ本があっても見つからない。魔賊たちは一応魔術師の中では天才と呼ばれる部類に入るみたいだし、初心者向けの本なんて置いていないのかもしれない。ここにあるのは全て難しそうなものばかりで、眺めているだけで頭が痛くなる。

「どうされたのですか？」

オルガと言い合っていたはずのアナリアが、いつの間にか側に立っていた。クロナギもそうだが、足音が全く聞こえないのでびっくりする。

しかしハルはアナリアを見上げると、次にはその丸い瞳をキラキラと輝かせた。

「ね、アナリアって魔術使える？」

竜人は皆、魔力を持っているという。独学で勉強するのは面倒くさ……難しそうだから、もしアナリアが魔術を使えるなら、彼女から教わろうと思ったのだ。

期待のこもったハルの視線を受けて、アナリアは申し訳なさそうに答えた。

「いいえ、私は魔術には明るくありません。というか……竜人で魔術を使える者など、ほとんどおりません」

「そういえばクロナギもそんな事言ってた」

ハルはがっくりと肩を落とした。長い呪文を唱えたり、あらかじめ魔術陣を描いておいたり……といった面倒な魔術の性質は、短気な竜人とは相性が悪いのだ。

「自力で習得するしかないか」

誰に言うでもなく呟いて、ハルは目の前の本棚を漁った。乱雑に立ててある本と棚の隙間に、くるくると丸められて紐で縛られた紙がいくつも突っ込んである。

特に勉強好きではないハルとしては、分厚い魔術書を手に取るのはちょっと抵抗があったので、とりあえずその丸められた紙をいくつか手に取って広げてみた。

「こっちの紙には魔術陣が描いてあるし、こっちの紙は文字ばっかり。魔術文字で書かれた部分は呪文なのかな？」

これらは印刷されたものではない。おそらく、魔賊が自分たちで開発した魔術を書き留めておいたものだろう。術の名前と、その術を発動させるための魔術陣や呪文が記述されている。

ハルは一つ一つ紐を解いて、じっくりと調べていった。

（この『招雷術』っていうのは、魔賊が使ってたやつかな。杖の先からビリビリって雷撃を出すやつ。あとはこっちの『奴隷術』……これも魔賊が妊婦さんに使ってた術だ。名前の通り、『他人を奴隷のように従わせる事ができる』って書いてある）

ハルは『奴隷術』の発動呪文が書いてある紙をビリビリに破り捨てた。こんな術、世の中に必要ない。

しかし、それと重ねて保管してあった解術方法が書かれた紙の方は破らずにとっておく。先ほどの妊婦は、実はまだこの術中にあるからだ。

夫は自然に彼女の意志が戻るのを待つと言っていたが、解除するための術が用意されているのなら、これを施さない限り彼女はずっとあのままだろう。

書かれている説明を読む限り、術をかけた本人でなくとも魔術師であれば解術はできるようなので、後で自警団の人にでも渡しておこう。この街に手練の魔術師はいないようだが、領主の元にはこの紙を見て解術を施せる実力のある者が一人くらいはいるはずだ。

感動的な出産の瞬間をぼんやりと霞がかった頭のままで迎えたくはないだろうから、なるべく早く元の状態に戻してあげられればいいのだが。

ハルは次いで、『招雷術』の紙も破り捨てる。一瞬で人を昏倒させる事のできる強力な攻撃魔術だが、ハルの興味はかき立てられなかった。

自分や、自分の大切な誰かを守るためには、時として敵である誰かを攻撃しなければならない事もある。それは分かっているが、他人を傷つけるためだけにある術を学ぶ意欲は持てそうになかったのだ。習得してやろうという気が起こらない。

他の紙も同様に広げて調べていると、アナリアだけでなく、クロナギも近くへやって来た。何をしているのかと無言で覗き込んでくるが、その視線を気にせずに、ハルは目に入った文字をそのまま口に出す。

「『透過の術』」

言ってから、はたと気づいた。これも魔賊が使っていた術だと。

ハルはガサガサと他の紙を漁った。これでもない、これも違う。

「あった！」

『停止の術』ハルが見つけた紙にはそう書いてあった。そしてその下には、術の発動に必要な魔術陣も描かれている。

(これ、私がやられた術だ)

魔賊と鉢合わせしそうになった時、このアジトから脱出しようとして、まんまと仕掛けられた罠にはまって動けなくなったのだ。

『停止の術』をくらえば、体は指一本すら動かせなくなる。ハルは身をもって、その術の威力を体感していた。

そして『透過の術』は、『停止の術』の魔術陣を見えなくしていた術だ。

「この術なら……私にも使えそうかも」

それは簡単そうだからという意味ではない。他人の体を傷つけないからという意味でだ。

相手が白目を剥いて苦しんだり、血が激しく吹き出したり、体の一部が飛んだり欠けたり。そんな魔術は自分には使えそうにない。単純に怖い。

けれどこの『透過の術』と『停止の術』を使えば、敵を動けなくさせて、その間に拘束する事もできる。まさに自分がやられたように。

ハルは少し考えて、この『停止の術』と『透過の術』の発動方法が書かれた紙を貰っていく事にした。

あとは魔術文字の辞典のような本と『魔術大全』と書かれた分厚い本も見つけたので、それも拝借する事にする。

「これって窃盗になるな」

自分の鞄の中にそれらを押し込みながらハルが呟く。

「カスどもから物盗ったって、罪にはなんねぇだろ」

「いや、なるよ！」

オルガが自信満々に言った言葉を否定する。けれど魔賊の物を盗む事に、あまり罪の意識が湧かないのも確かだ。だからハルは、いい事を思いついたとばかりにこう言った。

「窃盗ついでに杖も貰っていこう！　どこかに余ってないかなぁ」

魔賊に対して一片の罪悪感も持っていないのはハルだけではないようで、クロナギやアナリアたちまで一緒にアジトの中を捜索し始めた。オルガとラッチなどノリノリでその辺を散らかしている。

と、しばらくして、ぐいとハルの腕が引っ張られた。

「な……何何何っ？」

そのままズルズルと後ろに引きずられる。ハルの腕を掴んでいる犯人はソルだった。

「うわ、っとと……こ、転ぶ！」

このアジトの床は、お世辞にも片付いているとは言えないのだ。転がった酒のビンに足を取られそうになったハルだが、ソルは引っ張るのを止めてくれない。

一体何のつもりなのかと問い質そうとした時だ。ソルがハルの腕を離したかと思うと、代わりに後ろから脇の下に両手を差し入れ、ハルの体をひょいと持ち上げた。

そのまま、とある棚の前まで移動してから体を解放される。

訳が分からず、ハルは顔だけ振り返って背の高いソルを仰ぎ見たが、彼は相変わらず無表情で何を考えているのか理解できなかった。

首をひねったまま無言で見つめ合っていると、ソルの視線は棚へと移る。そしてソルは腕を伸ばすと、ハルの前にあった棚の引き出しを乱暴に引いた。その中にあった物を目にして、ハルはやっとソルの行動の意味を理解した。

「杖だ」

引き出しの中には、探していた杖が何本か入っていたのだ。「ありがとう」とお礼を言ったハルだったが、ソルはクロナギに「ハル様を引っ張るな」と叱られていて全く聞いていなかった。

気を取り直して引き出しの中を覗く。

最近では、杖といえば細くて短いものが主流だ。おとぎ話の大魔法使いが持っているような、人の身長ほどもある大きな杖では、持ち運びに不便だから。

引き出しの中に入っていたものも全て小型の杖だった。軸は魔力を通しやすいブロンツという木でできた、一般的なものだ。

しかしその軸に宝石の埋め込まれた金の被せ物をしていたり、同じく金でできた蛇の彫刻が巻きついていたりと、派手派手しい装飾が施されていた。

「趣味悪いなー」

宝石や金自体は美しいのだが、デザインが下品だ。持ち主の金持ちっぷりを表す、嫌みな杖だった。

装飾なんてなくても、加工されたブロンツの木だけで十分なのにと思いつつ、ハルは少しでもマシな杖を探した。そして、

「これにしよう!」

一つだけ、気に入ったものを見つけた。

木の軸の持ち手の部分だけ銀で装飾されていて、そこに黒い宝石が埋め込まれたものだった。

黒い宝石は菱形に加工されたものが縦に五つ並んでおり、くるっと裏返せば、反対側にも同じように五つある。一つ一つはハルの小指の爪ほどもない小さなものなので、細い杖からはみ出る事なく、上手く収まっている。

「そんな地味な色味のやつにすんのかよ」

オルガが言うが、ハルは一目でこの杖を気に入っていた。

「だってこの黒い宝石、クロナギの瞳の色に似てる。私、これがいい！」

オルガとソルとアナリアは、一斉にクロナギを見た。

クロナギは表情こそ冷静を保っていたものの、その瞳が歓喜で震えるのを全員がしっかりと確認したのだった。


その日の夜、ハルやクロナギたちは街で行われた『魔賊撃退を祝う大宴会』に半ば強制的に参加させられていた。

クロナギとしてはハルを早く休ませたかったのだが、幸せそうな顔で甘いプディングを頬張るハルから、その楽しみを奪う事はできなかった。

宴会は街をあげて行われていたが、クロナギたちが招待された先は、大通りにある一番大きな酒場だ。

人で溢れた騒がしい店内で、クロナギも美味しい食事をご馳走になった。一応自分で適当に手当てはしておいたし、風呂に入って服も着替えたので見た目は血みどろではなくなったが、魔賊から受けた傷はまだ完全に塞がったとは言えない状況なので、酒は自粛しておく。

街の住民たちの態度を見るに、クロナギたち竜人に向けられていた恐れや警戒といった感情はほぼ無くなったようだ。

人質となっていた妊婦を助けて解術の方法を見つけてきた事、そして魔賊を生かして捕えた事――つまり命までは奪わなかった事が、竜人たちへの印象改善に繋がったらしい。残虐な戦闘民族だと聞いていたけど、そうでもないのでは？　という感じだ。

しかしハルが妊婦を助ける事を第一に望み、そして魔賊を生かしたまま自警団に引き渡す事を指示しなければ、クロナギはきっと無慈悲に魔賊の命を奪っただろう。住民たちが怖がろうと関係ない。妊婦の事もハルの安全と天秤にかけて仕方なく見殺しにしていたかもしれない。

そしてそうなっていれば、きっと街の住民たちはクロナギたちを恐れたままだった。この宴会に呼ばれる事など決してなかったはずだ。

ちなみに魔賊のアジトに貯め込まれていた宝石や貴金属、希少な魔石や魔道具は、結局自警団が回収していった。

これらのほとんどは街の住民から奪ったお金で買われたものだから、住民たちで平等に分配するらしい。

それを聞いたハルが、それなら自分が勝手に持ち去る訳にはいかないと杖を返そうとしたのだが、

「いいさ、それくらい。こっちの宝石やら何やらを売れば、十分元は取れる。今まで奪われた分は取り戻せるからな」

うははと笑いが止まらない様子の団長タッドにそう言われたので、有り難く貰っておく事にしたようだ。どうやらハルは魔術を覚えたいらしい。

ハルの身はクロナギが守るつもりでいるから魔術など覚える必要はない。そう言いたかったが、ハルが自分を守る術を身につけるのは悪い事ではないと思い直した。

それにハルは皇帝という堅苦しい身分には就いていないのだ。できるだけ本人の意思を尊重して、魔術でも何でも自由にやらせてやりたい。

「しあわせ……」

隣でふにゃふにゃと頬を緩ませながらプディングを食べるハルを見て、クロナギも表情を緩めた。あまり食べ過ぎないようにと注意しようと思っていたのに、こんな顔を見ていたらもっと甘い物を与えたくなってしまう。クロナギたち竜人にとっては人間の国の菓子は甘過ぎるのだが、ハルには最高の味つけのようだ。

ふとハルの向こうに目をやると、アナリアが自分と同じゆるゆるの顔をしてハルを見つめている事に気づき、クロナギは少し複雑な気分になった。

ハルの魅力を大勢の人間に分かってほしいと思うが、同時にそれを知っているのは自分だけでいいとも思う。

先代のエドモンドには抱かなかった、自分勝手な独占欲だ。

「もう終わりか、あっけねぇな！」

「……まだ飲み足りない」

騒がしい声にクロナギが顔を上げると、少し離れたところで、オルガとソルが街の若者たちと酒の飲み比べをしていた。

「なら、次は俺だ！」

酔いつぶれた友達の代わりに新たな若者が手を挙げ、二人に――というかオルガに勝負を挑む。

「飲み足りない」などと本人は言っているが、ソルは見るからに酔っぱらっているからだ。

無表情なのはいつも通りだが、目が据わって、頬に赤みが差している。基本的に人間よりアルコールに強い竜人なのだが、ソルに限っては違うのだ。

しかし本人にはその自覚はなく、酒好きだからタチが悪い。クロナギは過去に何度酔いつぶれた彼の面倒をみたか。

盛り上がっている男たちから視線を外し、クロナギは窓の外へと目を向けた。

岩竜たちはハルを慕って森へ帰ろうとはしなかったが、店の外で大人しく眠って待っているようだ。

「でけぇな」なんて言われながら、街の住民たちに恐る恐る触れられている。

一方ラッチはと言うと、ハルの膝の上から身を乗り出し、テーブルの肉を黙々とむさぼっている。

その食べこぼしがハルの服につかないか監視するクロナギの元に、自警団の団長タッドがやってきた。片手に酒、片手に椅子を持ってクロナギの隣に腰を下ろす。

「飲まないのかい？」

「ええ」

クロナギはあまり興味のない返事をした。

「私に何か？」

その声は淡々としていて、冷たい印象を与える。

しかし気を許した竜人たちの前でもなければ、ハルが関わってもいない時のクロナギはこんなものだ。

タッドは軽く酔っているのか機嫌がよさそうで、クロナギの態度も気にならないようだった。

「いやー、この街を救ってくれた恩人に礼を言わないとと思ってな。本当は俺たちが魔賊を何とかしなきゃならなかったんだが、手も足もでなくてな！　わはは、情けない！」

軽く、どころではない。タッドは完全にでき上がっていた。真っ赤な顔をしてクロナギに絡む。

が、クロナギは至極冷静だった。なんせ素面だ。

「我々はこの街を救おうとして魔賊を倒した訳ではありませんし、逆に迷惑をかけた部分もありますので礼など不要です」

「あんた、恋人はいるのかい？」

タッドは唐突に話題を変えた。酔っぱらいなので話に脈絡がない。

クロナギはほんの少しうんざりした顔をしながら「いいえ」と答えた。タッドが嬉しそうに笑う。

「なら、うちに婿に来ないか！　下の娘はまだ未婚なんだ」

「いえ、せっかくですが遠慮しておきます」

断りながら、クロナギは心の中で驚愕すると共に少し笑ってしまった。竜人の自分を婿にしたいなんて物好きだと思ったのだ。

タッドがここまで自分たちに気を許しているのは、酔っているせいもあるだろう。

けれど一番大きな理由は、きっとハルがいるからだ。タッドだけではない。他の住民たちもそう。

人間にとって、竜人らしい容姿をしたクロナギやアナリア、オルガ、ソルは近寄りがたい存在のようだが、ハルの事はそうでもないらしい。

魔賊を倒した後、住民たちが最初に声をかけたのもハルだったし、この宴会に直接誘われたのもハルなのだ。クロナギたちはハルを通して、住民から「よければお連れの方もご一緒に……」と誘われただけで。

まだ少女であり、竜人らしくなく、危険さの欠片もないハルの方が、クロナギたちより接しやすいのだろう。ハルの半分は人間だから、知らず知らずのうちにそこに親近感を感じているのかもしれない。

ハルを間に挟む事で、竜人とこの街の人間はお互いの事を知る事ができた。

政治とは関係のない場で、人間と竜人が同じテーブルで食事を共にする。それは先代のエドモンドが想い描いていながらも、ついに叶わなかった夢の一つだ。

けれど、それがこうも簡単に実現するとは。ここにエドモンドがいれば、感動してむせび泣いていたかもしれない。

クロナギはハルの事をエドモンドにそっくりだと思っていた。容姿も中身も。

けれどやっぱり、小さな頃から次期皇帝として育てられてきたエドモンドと、普通の人間として育ってきたハルでは違うのだ。

エドモンドよりもずっと未熟なハルだが、ハルにしかできない事もきっとたくさんある。

混血であるという事が、ハルの長所の一つなのだ。

と、そんな事を考えていたクロナギの思考を読んだ訳ではないだろうが、タッドは酒を煽《あお》りながらこう言った。

「いいじゃないか。人間と竜人が結婚したって。竜の国は排他的だと聞いたが、過去にそういう例はないのかい？」

「あふぉ（あるよ）！」

答えたのは、クロナギではなくハルだった。スプーンに大盛りにしたプディングをリスのように頬に詰め込んで、タッドの方へ向き直る。他の人間からはどう見えているか分からないが、クロナギにとってハルのその姿は、思わず口元を緩めてしまうほどの可愛い姿だった。そしてやはりアナリアも、クロナギと同じようにきゅんと胸を撃ち抜かれた顔をしている。

二人して同じ顔をしているクロナギとアナリアの横で、タッドが尋ねた。

「『ある』って？」

「だって私の父さまと母さまがそうだもの」

「へぇ、それじゃあ竜人と人間が恋仲になるのも、有り得ない話ではないって事だな！」

タッドのその言葉は、騒がしい酒場の中で思いのほか大きく響いた。

店内が一瞬しんと静まり返る。

男たちは皆アナリアへと期待のこもった視線を注ぎ、女たちは熱を帯びた眼差しでクロナギを、あるいはオルガやソルを見つめた。

クロナギがひとつ咳払いをすると、皆我に返り、慌てて視線を散らせる。

アナリアはそういう視線を向けられる事に慣れているので当たり前のように受け流し、鈍感なオルガとソルは何も気づいていない。ハルは一瞬店内が静かになった事を不思議に思い、首を傾げていた。そしてクロナギは、椅子に立てかけておいた愛用の長剣から、人知れずそっと手を離した。もしハルに向かって欲望にまみれた目を向ける男がいれば、それは抜かれていたかもしれない。

「うわぁ！　チーズタルトがっ！　カボチャのっ、ナッツのタルトが！」

自分に関する事で危うく死人が出るところだったとは知らないハルが、勢いよく席を立って新たな甘味に向かって行く。昼間に林檎タルトを買った店の女主人が、売れ残った商品を持って酒場にやって来たのだ。ハルが行かない訳がない。きっと三種類を全部食べるだろう。

ハルが立ち上がった瞬間に膝の上から転がり落ちたラッチは、床に落ちた肉を口の中に目一杯詰め込むと、急いで彼女の後を追って飛んでいった。置いて行かれるのは、もうこりごりのようだ。

「あんた、あの子の従者なんだって？　……うぃっく」

ハルの後ろ姿を目で追うクロナギに、しゃっくりをしながらタッドが話しかけてきた。今の彼に自警団団長の面影はない。酒臭いただのおやじだ。

「そうですが、それが何か？」

そう返事をしてもひたすらニヤニヤ笑いを続けるだけのタッドに、クロナギが少しイラっとした時だ。

「いい主人を持ったな」

突然そう言われて苛立ちが霧散する。言葉の真意を読み解こうとクロナギがタッドを見ると、

「あの子はなぁ、そこにいる竜人の美女や魔賊たちから、あんたを助けようと必死だったぞ。自分は主人だから、従者のあんたを守らなきゃならないってな。それでドラゴンを引き連れて戻ってきたんだ。……って、そう言えば、あそこの二人とはいつの間に仲直りしたんだ？　竜人同士で仲間割れしてたんじゃなかったのか？」

オルガとソルを顎で指しながらタッドが尋ねるが、その質問にクロナギは答えなかった。話の前半部分に意識を持っていかれてしまって、後半は全く聞いていなかったからだ。

「ハル様がそんな事を……」

ドラゴンを連れて来たのは、魔賊を倒すためだと思っていたが、本当は自分を守るためだったのだ。その二つは似ているようで全く違う。少なくともクロナギにとっては。ハルはクロナギのために行動したのである。

自分がハルを動かした。自分がハルの動機になった。

そう思うと、胸の奥からじわじわと喜びの感情が湧き上がってきた。

竜騎士としてはハルに守られるなんてもってのほか。自分が弱いからハルに心配をかけてしまったのだと、己の不甲斐なさを恥じるべきなのに。

いつもは冷静な黒い瞳に熱を滲ませ、クロナギは少し離れたところにいるハルを見つめた。ハルが自身の事をクロナギの主であると認めた、という事実にも感動する。

自分が勝手に付き従っているだけで、皇帝になる事を拒否したハルは今も戸惑ったままだと思っていたから。

――自分の存在を受け入れてもらえた。他でもない、ハルに。

それに喜びを感じずにはいられない。

その後もタッドがまた話題を変えて、自分の未婚の娘の事を何やら喋っていたが、クロナギはハルを見つめるので忙しかった。

彼女があの小さな体で自分を守るために奔走してくれたのかと思うと、たまらなくなる。愛おしくて、力一杯抱きしめたくなる。

が、その感情も、次の瞬間には別の衝動に変わった。

「お前さん、そんな細っこいのによく食うなぁ。お菓子ばかりじゃなく、ちゃんと飯も食わんといかんぞ」

念願のタルトに夢中になっているハルの頭を、その隣に座っていた中年の男がポンと叩いたのだ。

いや、叩いたというよりもっと優しい。手を頭に軽く乗せただけ。

けれどクロナギの目は一気に殺気を帯びた。ドラニアスの帝位継承者であるハルの頭に軽々しく触れるとは、何と無礼な行為かと。

しかしそれは二番目に考えた事で、最初に思った事は違う。

自分だって滅多に触れられないハルの柔らかい髪の感触を、あの男が知った事が許せない。そう思ったのだ。

すっと目をすがめたクロナギの耳に、「ふふ……」と、色っぽい笑い声が聞こえてきた。ハルに意識を集中させたまま横目で隣を見ると、アナリアが愉しそうに唇の端を上げている。

そうしてクロナギの方へちらりと視線をやり、

「クロナギは知らないでしょうけど、私、ずっとあなたが羨ましかったのよ。……ま、今は違うけど」

そう言って席を立つと、また「ふふ」と笑いながら、アナリアはハルのいる方へと優雅に歩いて行った。

後に残されたクロナギは、軽く眉をひそめてその後ろ姿を目で追う。一体アナリアは何が言いたかったのかと思いながら。

「なぁ、聞いてるのか？　うちの娘の話だよ」

ハルとアナリアの後を追うように席を立とうしたクロナギを、酔ったタッドが止めた。肩に手を回して絡んでくる。

「そりゃ、あの竜人の金髪美女と比べりゃ器量良しとは言えないが、家事は得意だぞ」

「そうですか」

適当に返事をしながら退席のタイミングを探るが、

「お、噂をすりゃ、当人が来なさった。おーい、エリザ！　こっちだ！」

タッドの娘がちょうど店に入って来たらしく、彼は娘とクロナギを引き合わせようとした。

「お父さん！　明日も仕事なんだから、もうそろそろ……あ、その人って」

「我らが街の英雄だ。竜人の……クロ、クロ何とかっていう」

クロナギはうんざりしながらも、しかし無視をする訳にもいかなかったので、タッドの娘に名を名乗って挨拶をした。さっさとこの酔いどれ親父を連れて帰ってほしいと思いながら。

しかしエリザというらしいその娘はクロナギを見て頬を桃色に染めると、

「あの、隣座ってもいいですか？　わー、竜人の方とお話しするの初めてです！　魔賊を倒して下さってありがとうございます！　私もあの場にいて、クロナギさんたちの事ずっと見てたんですよ。竜人の方って、やっぱりすごいですね！　強くて……それにとっても格好良いし、この街の男たちとは大違い！」

冗談ぽく言って笑った。明るい娘のようだが、父親に似てよく喋る。しばらくは解放してもらえそうにないとクロナギは閉口した。

しかもエリザが話しかけた事によって、それまで遠巻きに様子をうかがっていた街の娘たちが、これはチャンスとばかりに一気にこちらへ近寄ってきたのだ。

それまではアナリアに気後れして大人しくしていたのかもしれないが、いざ話してみると皆積極的だった。

「あの、私もあなたが戦っているのを見てました！　ぜひお礼が言いたいと思っていて……」

「お礼なら私にさせてください。うちに来てくださいませんか？　いいお酒があるんです」

「あ、抜け駆けずるい！　じゃあ私のうちには泊まっていってください。もう夜遅いですし！」

「ちょっと、それは駄目でしょ！」

竜人に対して臆する事なく迫ってくる女性たちに、クロナギは内心驚愕した。ある意味度胸があるというか。竜人の女性と変わらないくらい積極的ではないか。

目の前で繰り広げられる戦いに、タッドもさすがに困惑している。

「お、おいおい、お前たち……」

そして人が集まっているのは、クロナギの周りだけではなかった。ふと向こうへ目をやれば、ハルの周囲にも人垣ができている。

竜人と話がしてみたいけど何となく近寄りがたい、と思った人間たちは、一番話しかけやすいハルに喋りかけているようだ。

中にはハルと話すふりをして、隣のアナリアとの接触をうかがっている男もいるが……氷の美女に話しかけるのは、なかなか勇気がいるらしい。未だ誰もアナリアとは会話を成立させていない。

ここにいる竜人の中で、いや、この世に存在する竜人の中で一番尊い血を持っているのはハルだというのに、人間にはそれが分からないのだろう。

本来ならば、気軽に話しかけることなど許されない存在なのに。

一方その〝尊い〟ハルは、三つ目のタルトを食べながらニコニコと笑って街の住民たちの相手をしている。「触らせてほしい」とでも言われたのだろうか、時折ラッチを抱いて差し出したりして。

ハルは今のところ楽しそうだが、彼女を皇帝の一族だと知らない住民たちの中には、悪気なく不敬な態度を取る者もいるかもしれない。そうなる前にハルに馴れ馴れしく接する一部の住民たちを牽制するため、クロナギもそちらへ行こうとしたのだが、

「待ってください！」

「もう少しお話ししたいわ」

周囲にいた女性たちによって、あえなく阻止された。腕を引っ張る手を乱暴に払う訳にもいかず、

仕方なくその場に留まる。タッドが「悪いな」と申し訳なさそうな顔をしているのが分かったが、娘たちを追い払ってくれる気はないようだ。クロナギは諦めて深いため息をついた。

それからどれくらい時間が経っただろうか。

自分に話しかけてくる男たちと十分な距離を保とうとしないハルにやきもきして席を立ち、そしてその度女性たちに止められて、仕方なく座り直すという事をクロナギは何度となく繰り返していた。

同じ店内にいるというのに、この些細な距離がもどかしい。

もう十分に女性たちの相手はしたし退席したっていいだろう。クロナギがそう思った時だ。

ハルが満腹になって眠ってしまったラッチを椅子に横たえ、静かに席を立ったのが見えた。

周りにいる住民たちは内輪での話で盛り上がっていているらしく、大きな笑い声を上げていて気づかない。

ハルの隣にいたはずのアナリアは、いつの間にかオルガたちの所へ移動していて――おそらく飲み過ぎだと注意しているのだろう。顔がとても険しい――同じく気づいていない。

ハルは出入り口からそっと店を出た。

クロナギは急いで後を追う。「待って」という女性たちの声は、もう聞こえていなかった。

「ハル様……!」

少し焦ったクロナギだったが、ハルはちゃんと店の前にいた。大きな体を地面に横たえて眠っている岩竜の背の上で、膝を抱えてちょこんと座り、空を見上げている。

クロナギもつられて夜空を確認したが、今日は雲が出ているらしく、星はほとんど出ていない。

「どうかされましたか？」

ハルは元気がない様子で、藍色の夜空を見上げる瞳はどこか寂しそうだ。まさか店で住民たちに何か嫌な事を言われたのでは？　そう思ったクロナギがぐっと眉根を寄せた時、

「……私、何にも知らないいんだなぁって思って」

上を向いたまま、独り言のように小さな声でハルが言った。

「何も知らないとは？」

「……ドラニアスの事」

クロナギの眉間の皺がさらに深くなった。

「人間たちに何か言われたのですか？」

冷え冷えとしたものに変化した口調に気づいたのだろうか、ハルは慌てて否定した。

「違う違う。何も言われてないよ」

クロナギは怒りを収めると共に、ハルの視線が空からこちらに移った事に満足した。ハルの緑金の瞳は、夜の闇の中でも淡く輝いている。

ハルはしょんぼりと肩を落とした。

「ただ質問されただけ。ドラニアスはどういう国なのかって。それで私、何も答えられなくて……困って『ドラゴンと竜人がいる国だよ』って言ったら、『そんな事は俺たちだって知ってる』って言われて」

「ハル様はずっと人間の国で暮らしてこられたのですから、ドラニアスについて詳しくないのは当た

り前です」

クロナギははっきり言い切ったが、ハルはゆるゆると首を振った。水を与えられていない花のように、しゅんと下を向く。

「でもクロナギと会ってからは、いくらでもドラニアスの事を訊く事ができた。なのに私は父さまと母さまの事ばかりで、それ以外の事は何も知ろうとしてなかったなって」

「ハル様……」

しかしそこで顔を上げると、ハルはクロナギに問うように、小さく首を傾げた。

「けど、今からでも遅くないよね。クロナギ、私にドラニアスの事を教えてくれる？」

その瞳に力がこもる。

「政治の事とか、あまり難しい事は最初は理解できないかもしれない。だから初めは簡単な事から教えて。四季はこの国と同じように巡ってくるのかとか、どんな花が咲くのかとか、食べ物はどうかとか……甘いお菓子はあるのかとか」

ハルは肩をすくめ、ちょっと恥ずかしそうに最後の言葉をつけ加えた。

ドラニアスには羊羹や干し柿はあるけれど、残念ながらジジリアにあるようなケーキやクッキーはない。けれどハルが食べたいと言えば、国中の料理人がその望みを叶えようと奮闘するだろう。

クロナギはその事もハルに伝えようと思い、笑った。

彼女がドラニアスを知ろうとしている事が、純粋に嬉しかった。

ドラニアスには夏がない。

春の終わりや秋の始まりに『夏日』と呼ばれる暑い日が何日か続く事があるが、年によってはない場合もある。

反対に冬は長く、寒さは厳しい。真冬には肌を刺すような空っ風が吹きすさび、中央地区では積雪はほとんどないが、北の方では大雪が降る事も珍しくない。極北の方は、やわな人間では生きていられない環境だ。

主人の厚意で、無料で泊まらせてもらえる事になった宿の一室。

簡素なその部屋の中でハルはベッドに座り、クロナギからドラニアスの話を聞いていた。

遠い昔、ドラニアスは五つの国に分かれていたが、それを初代の皇帝が統一して帝国を作ったという事。

騎士という名がついてはいるが、竜騎士というのはドラニアスや皇帝を守る戦士の事で、人間の国の騎士とは性質が少し違う事。

竜騎士は子どもたちの憧れの的である事。

ドラニアスは東西南北、そして中央で組織を分けていて、それぞれに竜騎士軍の分団がある事。

名前を、北の黒《サルーファ》、南の赤《レドリア》、東の青《ナルフロウ》、西の白《オーラット》、そして中央の黄《ジラスタ》と呼ぶ事。

皇帝の住む禁城は中央地区にあって、城の警備などは黄が受け持っている事。

色の名前のついた組織は、この他にはクロナギたちの所属する紫《ヴィネスト》があるだけだが、紫は『団』より小さい『隊』に区分され、形式上は黄の中の一組織とされている事。

けれど紫は特殊な隊でもあるので、独立して動く事が許されている事。

簡単な事からと言ったハルだったが、疑問に思った事を訊いていけば、段々と難しい話に発展してきてしまった。

部屋の中にはアナリアとオルガ、ラッチもいるが、ラッチは小さないびきをかいて眠ったまま。

ちなみにソルは酔い潰れて、隣の部屋で熟睡している。

二つあるベッドの内、クロナギはハルが座っていない方のベッドに腰を下ろしていたが、ハルがあくびをすると、そっと近寄ってきて床に片膝をついた。

「もうお休みください。今日は疲れたでしょう。ドラニアスの話は明日でもできます」

やんわりと肩を押されてベッドに寝かされる。ハルもまぶたが重くなってきていたのだが、もう一つ知りたい事があったので、暖かい毛布の誘惑と戦った。

「じゃあ最後に一つ教えて。皆が『総長』って呼ぶ人の事」

ハルの質問に、クロナギは口をつぐんだ。しかし一瞬の沈黙の後、説明を始める。

「総長は、竜騎士軍の司令官――つまり最高責任者で、黄の団長《ジラスタ》でもあります。同じ人物がその二つを兼任するのが、古くからの慣習ですので」

「名前はなんていうの？」

「……レオルザーク・バティスタ。年齢は七十八。人間から見れば四十代くらいにしか見えないでしょうが」

部屋の扉の側に立っているオルガと窓際にいるアナリアへ、ハルは順番に視線を向けた。

「オルガたちはその人から命令を受けてここに来たんでしょ？　クロナギを国へ連れ帰る事と、私をドラニアスに入れない事だっけ？　それ、実行するのやめたの？」

ハルが訊くと、オルガは腕を組んで壁に寄りかかったままで答えた。

「そうだな、気が変わった。クロナギだけ連れて国へ帰っても、またそこで退屈な毎日が始まるだけだろ。先代が死んでからどいつもこいつも死んだ魚みたいな目ぇして、喧嘩仕掛けても反応がいまいちだし、クソつまんなくなったんだよ。クロナギだって今お前から引き離したら、また辛気臭ぇ面晒すようになるんだぜ、きっと。だったら総長の命令は無視する」

オルガは堂々と命令違反を宣言した後、白い歯を見せてニッと笑った。

「それにお前をドラニアスへ連れて帰ったら、色々と面白い事になりそうだしな。混血の皇帝ってのもいいじゃねぇか」

「だから皇帝にはならないって……」

オルガは基本的に人の話を聞いていない。

ハルがアナリアの方をちらっと見ると、目が合った途端に彼女は言い切った。

「私はこれからずっとハル様のお側にいる事に決めましたので」

そうですか、〝決めました〟んですか……。

しい。

ハルは潔く諦めた。ハルの意思とは関係なく、それはアナリアの中で決定事項になってしまったらしい。

つまりは二人とも――たぶんソルもだろうが――、もう敵ではないと思っていいのだろう。

少なくとも、ラッチを送り届けるため、父の故郷を見るためにドラニアスへ行きたいというハルの邪魔はしないでくれるようである。

「さぁ、ではもうお休みに」

クロナギは何としてでもハルを休ませたいらしい。毛布の上からそっと肩を撫でられて、ハルも大人しく目を閉じる。

アナリアがベッド脇のランプの炎を消し、オルガとクロナギに小声で「あなたたちは隣の部屋で寝て」と忠告している。

「ハル様には俺がついてる」

「いいえ、今夜は私が一緒に眠るわ」

クロナギは少し渋っていたが、最終的にアナリアに譲ったようだ。やがて扉の開く音がして、二人分の足音が去っていった。

（レオルザークか……。私の事を殺そうとするかもしれない人）

会った事もないその人物の顔を思い浮かべて、ハルは不安になるより、やるせなくなった。人から嫌われたり疎まれたりするのは、やっぱり悲しいから。

それでも今のハルにはクロナギたちがついている。そう思うと心から安心した。自分の事を受け入れてくれる竜人もいるのだと。

アナリアの細くひんやりした指で髪を梳かれながら、ハルは静寂な眠りの中へ落ちていった。


その頃、部屋の様子を宿の外――通りを挟んで向かいにある武器屋の屋根の上からひっそりと監視していた人物が一人いた。

ヤマトという名の、竜人にしては地味な容姿の男だ。

しかし地味といっても陰気な雰囲気ではなく、何もかもが平均的。身長は竜人の成人男子に比べれば低い方だが、人間からすれば普通くらい。顔つきもこれといった特徴のない印象に残らない顔をしているが、運動の得意そうな好青年風でもある。

髪は短く黒髪で、目の色も黒。けれどその色にクロナギのような艶やかさや落ち着いた色気はなく、単なる地味な黒といった感じ。

けれどヤマトは、この容姿を気に入っている。得する事も多いからだ。

得した事の一つは、先代のエドモンドからやけに親近感を持たれて可愛がられた事。そしてもう一つは、隠密活動がしやすいという事である。

存在感の薄さと派手過ぎず地味過ぎない外見を買われ、中央の黄《ジラスタ》にいた頃も、その後にエリート集団の紫《ヴィネスト》に配属されてからも、密偵の仕事を任されるようになった。

エドモンドが生きていた頃は、彼直々の指令を受けて人間の国へ偵察に行く事も多かったのだ。特殊な紫の中でも、さらに特殊な役割を担っていた。

しかしそのヤマトでも、レオルザークから受けた今回の任務は少々難易度が高かった。

勝手に国を出ていったクロナギを探して、その目的を探ってこいというのである。

彼はもしかしてフレアの元に向かったのでは？　と予想をつけ、痕跡を残さないクロナギよりフレアの居所を探ったのは、結果的に正解だった。

フレアらしき人物が働いていたという地方領主の屋敷に着く前に、同じくそこへ向かおうとするクロナギを発見する事ができたのだから。

一度まかれてしまったが、クロナギの目的地は分かっていたので追跡を続けるのは難しくなかった。

クロナギがフレアとエドモンドの娘であるハルと出会い、領主の屋敷を出てからもずっと、ヤマトは彼らの動向を監視していたのである。

今回の任務の難易度が高いのは、その尾行対象がクロナギだという事に尽きる。

隠密活動に関しては誰にも負けない技術を身につけたつもりだったが、クロナギ相手ではちょっとでも気を抜くと居場所を勘づかれ、たまに遠くからでも目が合う事もある。一体どれだけ鋭いんだと思ってしまう。

クロナギは確実にこちらの尾行に気づいている訳だが、今のところ何の行動にも移していない。

もしクロナギが戦いを仕掛けてきたらヤマトは即座に逃げるつもりなので——確実に負けるからだ——あちらもそれを承知しているのだろう。

クロナギの方が少し先輩だが、元々は同僚だ。お互いの事はよく知っている。

ヤマトは気配を消して姿をくらませるのが得意な事も、それをされるとクロナギでもなかなか追いかけるのが難しい事も分かっているから、クロナギはヤマトを放っておいているのだ。

（あとはアレだな、俺があの子に直接危害を加えるつもりがないっていうのも大きい。だから尾行を許されてる）

もし手を出そうとすれば、クロナギはすぐにこちらに攻撃を仕掛けてくるだろう。そう考えてヤマトはぶるりと体を震わせた。クロナギが本気になると、あの漆黒の瞳は光を消して、恐ろしく無慈悲になるのだ。

鳥肌を立てながら、ヤマトは闇の中で目を凝らし、向かいの宿の二階、一番端の部屋の窓に視線を定める。

ヤマトのいる屋根の方が少し高いので、ちょうど部屋のベッドで眠っているハルの姿を見下ろす事ができた。

不思議な子だと思う。

あの顔立ち、そしてドラゴンを従えていた事からも、彼女がエドモンドの娘である事は間違いない。頼りなさそうに見えていざとなると相手を圧倒したり、気弱そうに見えて実は芯のある性格をしていたり、そういうところもエドモンドに似ていた。

直接話した事はないが、尾行しながら客観的にハルを観察していたヤマトは、ある程度彼女の人となりを掴んでいた。

（確かに彼女は魅力のある少女なのかもしれないが……）

しかしアナリアが寝返ったのは衝撃だった。あの気性の激しい美女が、憎んでいたはずのフレアの娘を受け入れるとは。

眠っているハルを愛おしそうに見つめるアナリアを、ヤマトは驚きを持って観察した。

（ま、反対にオルガさんとソルの行動に驚きはないけどな）

ヤマトは視線を少し横にずらした。ハルたちの隣の部屋からは僅かな蝋燭の灯りが漏れている。

ヤマトのいる位置から確認できるのは、ベッドにうつ伏せに寝たままピクリとも動かないソルと、そのベッドに腰を下ろして何か話しているオルガの姿だ。おそらく向かい側にはクロナギがいて、オルガは彼と会話をしているのだろう。

唇の動きを読むに、これから先ドラニアスへ行くためのルートを確認しているらしい。

酔い潰れたソルも、クロナギと普通に会話をしているオルガも、総長からの命令などもうすっかり頭から消えてしまっているに違いない。

あの二人は基本的に自由だ。いつだって自分が楽しい方につく。

最初はクロナギと戦えるという事でこの任務を引き受けたのだろうが、どうせ今は「総長と戦うのも楽しそうだな」とでも思っているのだろう。

ドラニアスから身軽に動けて、クロナギを倒せる可能性のある者。その二つの条件を満たせる人物は少ない。特に後者の難易度が高すぎるから。

そしてその数少ない人物がオルガとソルだ。

総長も消去法で浮かび上がった二人に仕事を任せたようだが、こういう結果になったからには、その人選はやはり失敗だったという事になる。

オルガもソルも、ついでに言えばアナリアも自己中心的過ぎるのだ。上官の指示に忠実に、真面目に仕事をするタイプじゃない。後先考えず、自分の思った通りに行動するタイプ。長いものには巻かれる主義のヤマトとは正反対の性格だ。

あの総長を裏切るなど、ヤマトには恐ろしくてとてもできそうにない。ある意味、あの三人を尊敬する。

(けど、俺の立場も考えてほしいよなぁ。オルガさんとソル、アナリアさん、三人揃って任務を放棄しました、なんて総長に報告しなきゃならない俺の立場も……)

ヤマトは深いため息をついた。きっと自分の書いた報告書はドラニアスの禁城に着いた後、ただの紙くずになるのだ。

そこにいる総長が報告書を読めば、きっと怒ってビリビリに破り捨てるだろうから。

《了》

特別収録
original episode
『旅の始まり』

♦ Ordinary Emperor ♦

――これはハルが世話になっていた領主の屋敷を出てから、トチェッカの街へ着くまでの間に起きた話だ。

アルフォンスのいる領主の屋敷を出てから三日。ハルはクロナギ、ラッチと共に、とある森の側の道を歩いていた。すぐ右側に広がるこの森はそれほど広くないが、獣道ばかりで歩きにくく迷いやすいので、クロナギの提案もあって迂回する事にしたのだ。時刻は昼前で空は明るいが、右手にある森を見れば中は鬱蒼《うっそう》としている。

「無理に入らなくてよかったね」

ハルはおずおずと後ろを向いてクロナギに話しかけた。普通に話しかけたつもりだったが、声には若干の緊張が滲んでしまっている。まだ旅を始めて三日で、クロナギに対する遠慮は完全にはなくなっていないのだ。

誰が通るか分からないので今はラッチもクロナギの背負っている袋の中に隠れて寝ているし、この場の空気を和ませてはくれなかった。

「何がです？」

クロナギはハルの緊張に気づいている様子で優しく聞き返してくれた。

一度で伝わらなかった事に動揺して、ハルはあわあわと森を指差す。

「えっと、森に無理に入らなくてよかったって思って」

「森ですか？　何故です？」

「えっと……」

クロナギは不思議そうな顔をする。伝えたい事がいまいちちゃんと伝わらない。しかしそれはハルの説明が足りないからだ。

ハルは一度ゆっくり息を吸ってから、落ち着いて話し始めた。

「森が暗いから、怖いなと思って。だから入らなくてよかったねって。私は森を通った方が早いと思ったんだけど、クロナギの言う通りに迂回してよかった」

今度は聞き返されないように、しっかり説明する。するとクロナギも「ああ、そういう事ですか」と納得してくれた。

「ハル様は暗いのが怖いのですか？」

「だって、見えないと何がいるか分からないし。クロナギは怖くない？」

「私は見えるので」

クロナギは軽く微笑んで答える。

「あ、そっか。目がいいんだね。遠いところにあるものや動いているものがよく見えるっていうだけじゃなく、暗いところでも周りが見えるんだ」

「ハル様はあまり見えないのですか？」

探るように尋ねられる。ハルは何ができて何ができないのかを調査されているみたいだ。

「うん、あんまり見えない。でも混血だし、純粋な人間よりは見えてるのかも。他の人と目を取り替えた事がないから、よく分からないけど」

「もしそんな事ができたとしても取り替えないでくださいね。その緑金の瞳は唯一無二のものなのですから」

「替えないよ」

笑って言う。クロナギが真面目に心配している様子だったのがおかしかった。

沈黙が続くとまだ少し緊張するのだが、こうやって話し始めてしまえばなんて事はない。クロナギとも楽しくお喋りができる。

けれどそれから十分後、ハルは地味に痛む自分の足の状況を、クロナギに素直に打ち明けられずにいた。

歩くたび、右足の小指がブーツに当たって痛むのだ。きっと靴ずれができてしまったのだろう。

(今履いてる靴下、もう古いやつだから全体的に薄くなってたもんな)

それでももったいなくて捨てられず、しつこく履いていたらこんな事になってしまった。今日もたくさん歩くと分かっていたのだから、もう少し厚い靴下を履けばよかったと後悔する。

ハルはちらっと後ろにいるクロナギを見た。盗み見たつもりだったが普通に気づかれて「どうしました?」と尋ねられる。

「なんでもない……」

言えない。ハルは大人しく前を向いた。靴擦れが痛いと訴えたら、クロナギは気を遣ってハルを背負おうとするかもしれない。荷物もラッチも背負っているクロナギに、さらにハルというお荷物の面倒を見させるのは申し訳なさ過ぎる。

それに靴擦れの手当てする時に、つま先はほとんど肌色が透けてしまっているような貧乏くさい靴下を見られるのも恥ずかしい。

結局ハルは痛む足を気遣いながら歩みを進めた。次の休憩の時にでも、こっそりブーツと靴下を脱いで手当てしようと考える。

と、その時。クロナギの背負っている布袋の中で、ラッチがそわそわと動き出した。周囲の匂いを嗅ごうとしているような鼻息も聞こえる。

「ラッチ、起きたみたい。何してるんだろ」

「魔獣の気配に気づいたのでしょう」

「魔獣？」

ハルは目を丸くして立ち止まった。

「ど、どこに魔獣がいるの？」

「森です。ですが、匂いや音からして小さい魔獣のようですから心配いりませんよ」

クロナギはそう言うが、人間にとっては小さい魔獣でも十分な脅威だ。

「怖いから、早く行こう」

そう言ってクロナギの手を引っ張ろうとしたところで、ふと視界に彼の足が入り、ある事に気づく。

「クロナギ、ブーツの紐がほどけそうだよ」

「本当ですね。ありがとうございます」

クロナギは一瞬だけ自分の足に目をやって、また森へと視線を走らせた。ハルもつられて森の暗闇に目をやるが、どこにも魔獣の姿はない。

「紐を結ぶ間くらい下を向いてたって大丈夫だよ。魔獣が来ないか、私が見張ってるから」

クロナギはハルが魔獣を見落とすんじゃないかと明らかに心配している様子だったが、それでもハルが森の方を向くと、隣でしゃがんでブーツの紐を直し始めた。

一度紐を解いてから、ちょうちょ結びのようだけどちょうちょ結びではない、ちょっと変わった結び方をする。解けづらい結び方なのだろう。

しかしクロナギが紐を結び終わろうかという時に、ラッチが袋の中でバタバタと暴れ始めた。ハルは森から目を離してそちらに顔を向ける。

「ラッチ？　大人しくし――」

しかし言い終わらないうちに突然クロナギに腕を引っ張られ、ハルはしゃがんでいるクロナギの胸に突っ込む事になった。

「んぶっ！」

頬をクロナギの肩にぶつけ、口から変な音を立てて息が抜ける。

「な、何……っ？」

「魔獣です」

クロナギの答えにハッとして、ハルは地面に座り込んだまま後ろを振り返った。

「わ、うわ！」

シャーッと鋭い声を上げたのは、黒い蛇の魔獣だった。まだ巨大化はしていないようだが、ハルが両手を広げたくらいの長さはある。

思ったより近くにいた魔獣に驚いて、ハルは思わずクロナギに縋りついた。けれど縋るまでもなく、クロナギはずっとハルを守るように抱きしめてくれている。

「あの魔獣が急に草むらから飛び出てハル様に噛みつこうとしていたので、腕を引っ張ってしまいました。申し訳ありません。痛くはなかったですか？」

「い、いいよ！　そんなの全然大丈夫だから……！」

冷静に謝ってくるクロナギに、今はそんな事言ってる場合じゃないと思いながらハルは叫んだ。

そして予想通り、魔獣は再びこちらに攻撃を仕掛けてくる。飢えた赤い目でハルを見ると、牙を剥いたまま長い体を一旦縮めた後、勢いをつけて飛びかかってきたのだ。

しかしハルが悲鳴を上げて目をつぶるより早く、クロナギが魔獣の首を掴んで捕らえていた。が、魔獣はまだ生きているので、クロナギの腕に体を巻きつけてギリギリと締め上げている。

「ハル様、少し待っていてください。ラッチに餌をやってきます」

腕に魔獣を絡めつかせながら、クロナギはハルを安心させるようにほほ笑んで、森の方へと歩いて行ってしまった。腕は大丈夫だろうかと心配になる。

クロナギは森の奥までは入らずに、ハルからも姿が見える草むらで背負っていた袋からラッチを出した。

ハルは腰を抜かしたまま半分放心してクロナギたちを見ていたが、クロナギはこちらに背を向けてラッチや魔獣を隠すようにしゃがんでいたので、何をしているのかは見えなかった。見えなかったが、先ほどのクロナギの言葉から想像はつく。あの魔獣はラッチのごはんになったのだ。

ハルから離れて魔獣を始末してくれているクロナギの配慮に感謝しつつ、ハルは大人しくラッチの食事が終わるのを待った。ハルはよくラッチに顔を舐められるけど、こういう場面を見ると次からは遠慮しようと思ってしまう。

ちゃんと噛んでいるのかと心配になるくらい早くラッチの食事は終わり、満足していい笑顔を見せるラッチはクロナギによって再び袋に仕舞われる。

「お待たせしました」

クロナギは爽やかにこちらに戻ってきたが、ハルはまだ心臓がバクバク鳴っていた。

「大丈夫ですか？」

「腰が抜けて……」

クロナギに手を貸してもらって立ち上がる。膝が震えて足に上手く力が入らない。

ハルは心臓に手を当てて言う。

「びっくりした。今まで生きてきて魔獣を見たのは、お屋敷の森の中で見たあの大きな猫の魔獣が初めてなのに、今度は小さかったけど、こんなにすぐにまた別の魔獣に襲われるなんて」

「動物が多く生息しているところでは魔獣も発生しやすいですからね」

クロナギはラッチの入った袋を背負いながら続ける。

「それにハル様は何というか……平和な雰囲気を持っておられますから。魔獣にも目をつけられやすいのではないでしょうか」

「それは私がのんきな顔をしていて、油断し切っているように見えるって事？」

「そこまでは言っていませんが、周りを警戒する事は忘れないでくださいね。魔獣に限らず、不審者にも注意をしてください。昨晩泊まった町でも怪しい者たちを見かけました。すれ違った時にこちらを見ていたの、気づいておられましたか？」

ハルは「え？」と声を上げて目を瞬かせる。

「全然気づかなかった。でも怪しいって、どういう人たちだったの？」

「見た目は普通の男たちでしたが、何となく良からぬ事を考えていそうな目をしていたので」

何となくでもクロナギは怪しいと思ったら疑うようだが、のんきなハルはやはりあまり危機感を抱かなかった。今までずっと比較的安全な領主の屋敷で生活してきた事もあり、不審者に出会った事もないので、危険察知能力があまり優れているとは言えないのだ。

「目だけじゃ分からないよ。何かされたわけでもないし。本当は怪しい人たちじゃなかったかも」

「そうでしょうか」

クロナギはそこで後ろを振り返った。

ハルもクロナギの視線を追って後ろを見ると、少し離れたところで馬車がゆるゆると走っている――というか歩いているのが見えた。

馬車の車は少し汚れた屋根付きの荷車で、中に何が入っているのかは分からない。御者台には中年の男が一人座っていたが、特に怪しい雰囲気はない。

「ハル様の予想が当たっているなら、今、その男たちが私たちの後をつけてきているのも、ただの私の杞憂《きゆう》なのでしょう」

言葉とは裏腹に、クロナギは冷たい視線を馬車に向けていた。

「え？　さっきの町からつけられてたの？」

そうなると話は変わってくる。さすがのハルも少し危機感を抱いた。

「だらだらと後ろをついてこられるのも気になるので、先に行かせましょうか」

クロナギはハルの手を引き、道の端に寄せて立ち止まった。普段クロナギはハルの一歩後ろにいる事が多いが、今はハルを隠すように前に出ている。

少しあの馬車が怖くなってきたハルは、遠慮なくクロナギの体に隠れながら、布越しにラッチに声をかける。

「しばらく動かないでね」

馬車は今までずっとゆっくり走っていたようだが、ハルたちが立ち止まったからか、急にスピードを上げてこちらに近づいて来た。だんだんと大きく見えてくる馬車にハルの警戒心も大きくなる。

馬車はそのまま通り過ぎる事なく、ハルたちの目の前で止まった。

（どうして止まるんだろう）

ハルがごくりと息をのむと同時に、御者の男は気軽に声をかけてくる。

「あんたら大丈夫か？　さっき蛇だか魔獣だかに襲われてただろ？　遠くてはっきりとは見えなかったが……」

何を言われるのかと構えていたハルは、男の言葉に安堵して少し肩の力を抜いた。急にこちらに近づいて来たのは、ハルたちの事を心配してくれたからなのかもしれない。

しかしクロナギは少しも相手に気を許していない様子でそっけなく言った。

「ええ、魔獣でした」

「倒せたのか?」

「一応、剣には覚えがあるので。魔獣も小さかったですし」

クロナギは腰に携えた剣に軽く触れて言う。

「へぇ。普通の剣より長いし、黒くて綺麗な剣だな。よかったらちょっと見せてくれないか?」

「いえ、見せるほどのものではないので」

気さくな男の言葉を、クロナギはさらっと拒否した。

しかし男は気を悪くした様子は見せずに、笑顔で続ける。

「そうか、残念だ。ところであんたら、兄妹二人だけで旅をしているのか? この森は魔獣がよく目撃されていて危ないぞ。どこへ行くかは知らねぇが、この先はしばらく一本道だから、途中まで乗せて行ってやるよ」

男はクロナギとハルの年齢差だけを見て兄妹と判断したようだ。が、美形のクロナギと平凡なハルの間に血の繋がりがあると思ってくれたこの御者の男に、ハルは好感を持たざるを得なかった。

(いい人かも……)

親切な提案をされた事もあって、ハルは密かに緊張を解いていた。やっぱりクロナギは心配し過ぎだったのだろう。旅をしていても、悪い人間と出会う事なんてそうそうないのだ。

(靴擦れが痛いし、馬車に乗せてもらえたら楽になるな)

ハルはそう考えて、男の申し出を喜んだ。

「本当にいいんですか？　乗せてもらっても」

「ああ、もちろんさ。後ろに乗りな。おい！」

御者の男は笑って言うと、車の中に向かって声をかけた。すると扉が開いて、中から別の男が顔を覗かせる。

帽子を目深に被り、首巻きで口元を隠しているその男は、御者の男に比べると目つきが悪かった。

クロナギの背に隠れるのをやめて馬車に近づいていたハルは、その男を見てふと足を止める。

ちょっと怖い、と思ったのだ。

その本能に従って、ハルはじりじりとクロナギの後ろに戻っていく。

「どうした？　乗らないのか？」

馬車から出てきた男はニヤリと笑って、ハルたちの方へ近づいて来た。

そして彼に続いて、馬車からは次々と男が降りてくる。御者の男も、いつの間にか剣を手にして地面に立っていた。

「え、え？」

ハルは突然の展開に動揺しながら、きょろきょろと男たちへ視線を向ける。

「さぁ、大人しく馬車に乗りな」

怪しい男たちは、全部で四人いた。皆、手に剣を持っていて、そのうちの一人は縄も持っている。

「んー！　んー！」

とその時。

開いたままの馬車の扉の奥で、ハルより少し年下の少年がごろんと転がったのが見えた。少年は口を塞がれ、手足を縄で縛られたまま馬車の中でじたばたと動いて、外にいるハルに何かを訴えてくる。

「んー！」

逃げろと言っているのか助けてくれと言っているのかは分からないが、とにかく危険を感じる。あの少年が望んで拘束されているわけではない事、そしてこの男たちはただの親切な人でない事は確かだ。

「男の方はどうする？　殺して、あの上等そうな剣だけ貰ってくか？」

「いや、ガキどもと一緒に連れて行こう。美形だから高く売れるぞ」

「こっちへ来い！」

目の前にいた男がハルを馬車に乗せようと手を伸ばして来たが、クロナギが即座にその手をきつく掴んで止める。

「おい――」

男はクロナギを睨みつけて反撃に出ようとしたが、クロナギの方が動きが速かった。相手の頬を殴ると、一瞬で男を昏倒させたのだ。

「何しやがる！」

「この野郎ッ！」

「ハル様、少し下がっていてください」

残った三人が殺気立っているというのに、クロナギは冷静にハルを振り返って言う。

「わ、分かったから前向いて！」

ハルは慌てて後退しながら、前を指差した。男たちが剣を振り上げてクロナギに向かって来ているのだ。

しかしハルが心配するまでもなく、クロナギは素早くその攻撃を防いだ。左側から飛び込んできた男の手を剣の柄ごと握って動きを止めると、右側から来た男の腹に蹴りを入れて倒す。

そして手を握ったままだった左側の男をぐいっと引っ張って、残った一人にぶつける。

男たちはまるでクロナギに遊ばれているようだった。

「この……ぐッ！」

そしてクロナギは剣を抜く事すらせず、拳だけで男たちを全員のしてしまった。

男たちの意識がなくなると、そのうちの一人が持っていた縄を取り上げて、クロナギはそれでてきぱきと全員を縛っていく。

「んー！」

「あっ、待って……」

馬車の中で助けを求める少年に再び目をやったハルは、急いでそちらに駆け寄った。馬車には少年の他にまだ幼い女の子も一人乗っていて――髪の色や顔立ちからして少年の妹なのだろう。こちらは本当の兄妹のようだ——少年と同じように縛られている。

「もう大丈夫だよ。今、縄を解いてあげるからね」

怯えている様子の少女にまず声をかけ、手首を拘束している縄を外そうとするが、結び目が固くてなかなか難しい。

「ハル様」

すると男たちを拘束し終えたクロナギが中に入ってきて、ナイフで手早く少年少女の縄を解いてくれた。

「はぁ、助かった……。ありがとう」

「こわかったぁ！」

自由になると、少年はホッと息をつき、少女は兄に抱きついた。

「あなたたちはどこから攫われてきたの？　あの男たちは何者？」

少女の背をそっと撫でながら、ハルは少年に尋ねる。

「おれたちの家はスブトの町にあるよ。母さんが忙しいから二人で買い物に出たら、やつらに捕まったんだ。やつらが何者なのかは知らないけど、おれたちをサイポスに奴隷として売るって話をしてた」

「サイポスに？」

ハルはゾッと背中に鳥肌を立てた。サイポスは未だに奴隷制の残っている国なのだ。そこに連れて行かれたら、本当に物のように扱われてしまう。

「でも、スブトって今朝私たちが発った町だ。ここから遠くないね」

それには少し安心した。彼らは長い時間この男たちに連れ回されていたわけではないと分かったから。

ハルはクロナギを振り返って言う。

「クロナギって馬車を操れる？　この子たちを町に戻してあげなきゃ。それにあの男たちも自警団か騎士に引き渡さないといけないし……」

クロナギは少年たちを送って行くのも男たちを然るべき人に引き渡すのも面倒そうだったが、ハルの言葉には「分かりました」と返した。

「馬車は私が走らせますので、ハル様も御者台に乗ってください。二人くらいは乗れるので」

「でも、それだと馬車の中がこの子たちとあの男たちだけになっちゃうよ」

「男たちはしっかり拘束しているので危険はありません。しばらくは意識も戻らないでしょうし」

「うん、おれ、あいつら見張ってるよ！」

少年が元気よく言った。少女は少年の腰にくっついたまま男たちを睨みつけている。案外気丈な兄妹のようだ。

「分かった。それじゃあそうしよう」

クロナギは意識のない男たちを馬車の中に放り込んでから、外に出ていたハルに向かって口を開いた。

「町に戻る前に、ハル様の足を手当しましょう」

「え？」

靴ずれができていた事を忘れかけていたハルは、クロナギにそう言われても一瞬わけが分からなかった。

「右足が痛むのでしょう？　微妙に気遣って歩いておられましたから。靴擦れでもできましたか？」

「よ、よく分かったね」

「後ろからずっとハル様を見ていれば分かります。いつ『足が痛い』と訴えてくれるかと思っていましたが、どうやらおっしゃってくれそうにないので」

「ごめん……」

ハルは視線を下に向けて言った。クロナギが今度は優しい声を出して続ける。

「謝らなくていいんですよ。ですが次からはすぐに言ってくださいね。私に気を遣わないでください」

「なるべく努力します」

クロナギは苦笑を零してから、扉が開いたままの馬車の出入り口を指差した。

「ではそこに座ってください」

「自分で手当するからいいよ」

「いいえ。座ってください」

有無を言わせぬ口調で言われる。それを拒否する度胸はハルにはなかったので、クロナギが指差した馬車の出入り口に渋々腰掛けた。

「あの、く、靴下が……」

ハルがもじもじしているうちにクロナギに手早くブーツを脱がされてしまった。しかしクロナギはハルの薄い靴下より、靴下に滲んでいる赤い点に注意を向けたようだ。

「血が出ています」

「ごめんなさい」

クロナギが不機嫌そうに眉間に皺を寄せたので、ハルは思わず謝っていた。けれどクロナギはハルを見上げると、眉を下げて控えめに言う。

「私がもっと早く声をかければよかったですね。痛かったでしょう」

「ううん、私がちゃんと言わなかったから」

靴下を脱いだ後、水筒の水で血の滲んだ小指を洗われると、「いッ……！」と引きつった声が出てしまった。小指は小さく皮が剝けてしまっただけなのだが、すごくしみる。

けれどクロナギが心配そうに見てくるし、後ろでは年下の少年と少女がこちらをじっと観察しているので、「痛い」と泣き言を言う事はできない。

消毒してクッション代わりのガーゼを当てると、包帯を細く切って小指に巻きつけ、ガーゼを固定する。右足の手当を終えると、クロナギが次にハルの左足を見た。

「左足の小指にもガーゼを当てておきましょう。靴擦れができないうちに」

「……うん」

確かに左足の小指もブーツに当たって痛かったので、ハルは大人しくクロナギにブーツを脱がされた。ここで拒否して後でまた皮がめくれたりしたら、さらに迷惑をかけてしまう。

「あ、ちょっと待って！　あぁ！」

しかし左足の靴下もやはり履き古して薄くなっていて、しかも親指のところがちょっと破れていた。今朝は破れてなかったのだが、歩いているうちに擦り切れてしまったようだ。

「朝は破れてなかったんだよ！　それにいつもこんな破れた靴下を履いてるわけじゃないからね」

クロナギにも破れたところをばっちり見られてしまったので、ハルは顔を真っ赤にして言い訳を始める。

けれどクロナギは神妙な顔で靴下を見たまま、こう返してきた。

「大丈夫です、ハル様。次に店を見つけたら私が靴下をいくつでも買ってあげます。布の厚い、しっかりしたものを」

「ち、違うんだって、ちゃんとした靴下も持ってるから……！」

だから靴下も満足に買えない可哀想な子を見るような目をするのはやめてほしい。

「お姉ちゃん、くつしたないの？」

「助けてもらったお礼に、母さんに頼んでうちにある靴下あげようか？」

さらに馬車の中から全てを見ていた兄妹にもそんな事を言われる。

「いいよ……大丈夫だから……」

ハルはもうこの靴下は捨てようと心に誓って、新しい靴下を荷物の中から取り出した。魔獣に襲われ、人攫いには狙われ、靴ずれはでき、破れた靴下は見られ、クロナギにも年下の兄妹にも同情されて、今日は散々な日だ。
とはいえ、破れた靴下を見られた事でハルの中で何かが吹っ切れて、これ以後、クロナギに対する遠慮や変な緊張は解けたのだった。

《特別収録・了》

◆あとがき◆

三国です。『平凡なる皇帝』をお読みいただき、ありがとうございます。

この話は、『少女と軍人』、かつ『少女と人外』という個人的趣味に走った組み合わせに、これも私の好きな『ドラゴン』を足してでき上がりました。そして一緒に楽しんでくださった読者様に支えられ、こうして本にしていただく事ができました。ありがとうございます！


登場人物について一言ずつコメントしていきます。

ハルについて。ヒロインというより主人公という意識で書きました。彼女は平凡な女の子ですが、どこか非凡なところもあり、目を見張るような美少女ではありませんが、他のどの子より可愛い子だと作者としては思っています。たぶんクロナギも同じ事を思っています。

 クロナギについて。実はアナリアと同じくらい自分に自信を持っているので、私の頭の中では自信家でいけ好かない一面も見せているのですが、ハルの前では猫を被っていて控えめ、爽やかで、よくほほ笑みます。

アナリアについて。自分の感情に素直なわがまま美女で、書いていて楽しかったです。女王様気質なので、彼女を家族や友達、恋人にすると大変な気がします。遠くから眺めたい美女です。

オルガについて。遠慮、謙虚、反省、恐怖という言葉を知らなさそうです。でも、こんな人なかなかいないからこそ魅力的だと思っています。

ソルについて。もう少し喋ってほしいのですが、「……」という無口状態が標準なので一言以上喋らせるのはなかなか難しいです。

ヤマトについて。説明もツッコミもボケもこなせる、作者的にソルとは対極にいる使い勝手のいい存在です。いつもありがとう！

ラッチについて。ドラゴンの皮を被った犬なんじゃないかと疑っています。中にはやんちゃで明るく食欲旺盛なラブラドール・レトリーバーの子犬が入っていそうです。

そして、イラストを担当してくださったのはやまかわ様です。ラッチとハルを最高に可愛く描いてくださったので、二章の途中までこの二人を連れて旅していたクロナギが羨ましくて嫉妬してしまいました。でもクロナギもイケメンに描いてくださったので、このイケメンなら可愛いハルとラッチを連れていても仕方がないと許すしかないのです……。

では、最後に改めて、以前から『平凡なる皇帝』を応援していてくださった読者の皆様、そしてこの本を手に取ってくださった新しい読者の皆様、ありがとうございます！

また、この作品に目を留めてくださった担当編集者様、一二三書房様、そしてイラストレーターのやまかわ様、出版するにあたって協力してくださった全ての関係者の皆様、ありがとうございました！ では、また！

三国司

©broccolilion
レベルリセッター
クリスと迷宮の秘密 1
BROCCOLI LION
ブロッコリーライオン
Illustration：saraki
今日も元気に迷宮探索!!
レベルとスキルのエクスチェンジ!
少年を待つのはたくさんの冒険と心温まる出会いの数々
不思議なスキルを武器にクリスは英雄への道を歩み始める!
｜サイズ：四六版｜328頁｜ISBN：978-4-89199-430-3｜価格：本体1,200円＋税｜

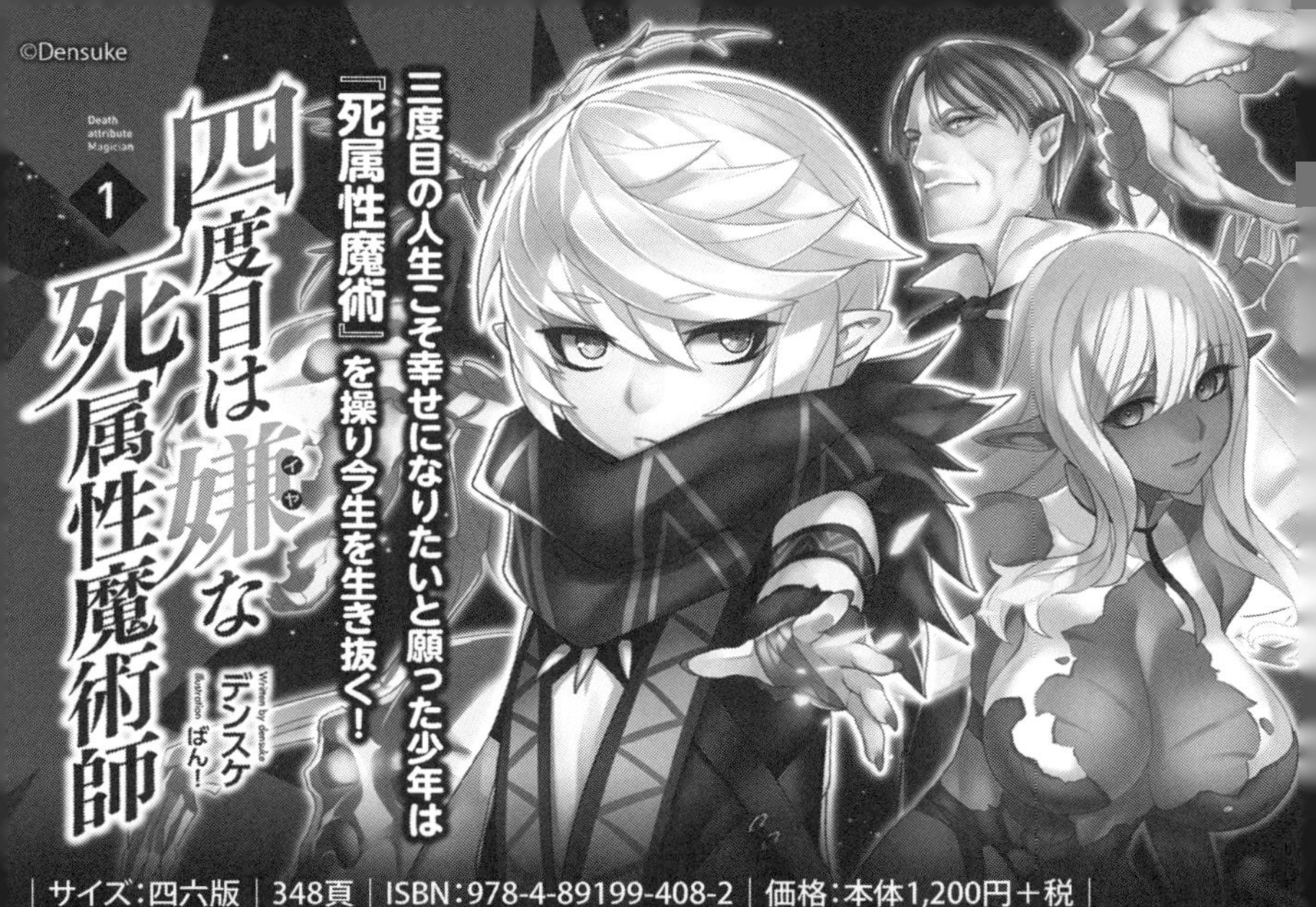

| サイズ：四六版 | 348頁 | ISBN：978-4-89199-408-2 | 価格：本体1,200円＋税 |

ネット小説大賞受賞作 好評発売中！

| サイズ：四六版 | 368頁 | ISBN：978-4-89199-409-9 | 価格：本体1,200円＋税 |

機動城砦
サラトガ
1～2巻好評発売中！
著者／円城寺正市　イラスト／ERIMO
©Masaichi Enjo

©Kazuhiko jr Shin
傭兵物語
純粋なる叛逆者《リベリオン》
1～2巻好評発売中
著者／進藤jr和彦　イラスト／白井鋭

©Rei A
白薔薇の剣
1～2巻好評発売中
著者／葵れい　イラスト／ミヤジマハ

平凡なる皇帝

発　行
2017年5月15日　初版第一刷発行

著　者
三国司

発行人
長谷川　洋

発行・発売
株式会社一二三書房
〒102-0072　東京都千代田区飯田橋2-14-2　雄邦ビル
03-3265-1881

デザイン
erika

印　刷
中央精版印刷株式会社

作品の感想、ファンレターをお待ちしております。
〒102-0072　東京都千代田区飯田橋2-14-2　雄邦ビル
株式会社一二三書房
三国司 先生／やまかわ 先生

Printed in japan, ISBN 978-4-89199-432-7

※本書は小説投稿サイト「小説家になろう」（http://syosetu.com/）に
掲載された作品を加筆修正し書籍化したものです。